쉬프팅

이 책을 먼저 읽은 독자들의 추천

학교가 지옥 같은 도율도, 학교가 피난처인 로아도 결국 진정으로 바란 것은 '존재에 대한 이해와 인정'일 것이다. 상처투성이인 서로를 보듬으며 보다 나은 세상을 위해 연대하고 행동하는 로아와 친구들에게 어른으로서 어떤 답을 내놓아야 할지 진지하게 묻게 되는 작품이다. _이금희(함안 호암중학교 교사)

'학교가 사라진 세상'의 이야기를 통해 우리 청소년들이 행복할 수 있는 세상을 스스로 찾고 만들어 갈 수 있기를 소망해 본다. _최혜경(창원 명서중학교 교사)

우리가 다니고 있는 학교와 우리가 꿈꾸는 학교를 돌아보게 만드는 문제작이다. 학교 안과 밖에서 하루를 버티는 아이들에게 이 책을 추천한다.
_하정현(창원 구산중학교 교사)

이런 작품을 기다리고 있었다. 학생들에게 해방감을 선사하는 아주 멋진 소설이다. 선택에 따라 결과가 얼마든지 바뀔 수 있다는 걸 아이들이 깨달으면 좋겠다. _잔나비띠

오랜만에 손에서 책을 놓지 못하고, 들고 다니면서 읽었다. 다음 이야기는 어떻게 될까? 다음 상황은 어떻게 풀어갈까? 궁금증이 꼬리에 꼬리를 물어 흥미롭게 읽은 소설. 열린 결말에 대한 후속편이 나오리라 믿는다! _달공달공

세상이 달라져도 나부터가 변하지 않는 이상 내가 원하는 '행복한 또 다른 나'를 만날 수 없음을 보여주는 작품이다. _봄이온이

쉬프팅이라는 가상의 개념으로, 현실 속에 감춰진 아이들의 아픔을 드러내는 소설. 학생과 학부모, 교사 모두에게 많은 질문을 던지는 이야기다. _쏘예맘

다른 세계에 또 다른 내가 있다면? 평소에 내가 하던 상상이라 소름 돋았다. _비플랫

학교의 역할과 필요성에 대해 생각하게 하는 소설이다. _모란모란이

학교를 좋아할 수밖에 없는 로아와 학교를 싫어할 수밖에 없는 도율의 이야기, 둘 다 마음이 쓰라렸다. 지금은 어떤 세계에 있을지 모르지만 두 아이 모두 각자가 선택한 곳에서 건강하게 살기를! _붕어빵가족

학교가 없는 세상이라고? 당장 그 엘리베이터에 탑승하겠습니다. _다른상철

포기하지 않고 더 나은 미래를 꿈꾸는 아이들의 이야기! _덕주부

학교가 사라진 세계는 어떤 모습일까? 그 세계에서 로아와 도율이 내린 선택에 대해 아이와 많은 이야기를 나눌 수 있는 책이다. _엄마원숭이

현실보다 더한 부정부패의 세계! 학교가 사라진 세계에서 이루어지는 청소년 노동착취! 어쩌면 평행세계가 아니라 우리가 살고 있는 현실에서의 문제들을 적나라하게 보여주고 있는 듯하다. _pyoni

'학교'의 역할을 재고하게 하는 작품이다. 누군가에게는 학교가 삶의 도피처가 될 수 있다는 사실에 새삼 가슴이 아팠다. _마인

과연 학교가 없는 세상은 행복할까? 파격적이면서도 누구나 한 번쯤은 상상해 봤을 세상을 통해 청소년들의 현실적인 고민을 그려낸 판타지 소설. _왕눈이

차례

덜컹. 잠시 멈췄던 엘리베이터가 순식간에 솟구쳐 올랐다. 로아와 도율은 안전 바를 붙잡고 선 채 엘리베이터 층수 알림판을 올려다봤다. 5, 6, 7…… 알림판의 숫자가 빠르게 바뀌었다. 그러나 번호판에는 1층 버튼만이 빛나고 있었다.

"설마……."

"그런 말도 안 되는 일이 정말 일어난다고?"

두 사람은 미심쩍은 듯 중얼거리며 바뀌는 숫자를 바라보았다. 로아의 입가는 긴장으로 딱딱하게 굳었지만 도율의 입은 무언가 기대하는 듯 헤벌어진 채였다.

8, 9, 10. 알림판의 숫자가 10으로 바뀌자 엘리베이터 문이 열렸다. 두 사람은 서로를 마주 보았다.

쉬프팅(Shifting). 평행세계로 가는 주문.

어디까지나 장난이었다. 평행세계라는 말에 흥미를 느끼기는 했지만 그런 얼토당토않은 일을 믿기에 열일곱은 너무 많은 나이였다.

"일단 내리자."

"그래. 이 엘리베이터 고장 난 것 같아."

두 사람은 조심스럽게 엘리베이터에서 내렸다.

같은 학교 다른 마음

가볍게 손뼉을 치자 손에 묻은 흰 가루가 허공에 날렸다. 오르기 위한 준비는 이걸로 끝이다. 로아는 오토빌레이의 매듭을 다시 한번 체크한 후 첫 홀드에 발을 디뎠다. 홀드를 밟는 순간 온몸에 반짝거리는 비늘이 돋아난 듯했다. 암벽의 높이는 15미터. 로아의 주 종목은 암벽타기 속도를 겨루는 스피드 클라이밍이다.

위로. 또 위로.

거침없이 암벽을 오르는 동안 로아는 물고기가 되어갔다. 암벽 위에 올라 뛰어내리면 넓디넓은 바다로 돌아가게 될 것이다. 물고기를 반겨줄 누군가가 기다리는 그곳으로. 암벽을 오를 때마다 로아는 무리를 찾기 위해 수면 위로 뛰어오르는 물고기를 상상했다. 바다로 돌아가고 싶다는 절박함은 로아의 기록을 빠르게 단축시켰다.

그런데 돌연 로아의 움직임이 멈췄다.

"나로아! 움직여! 앞으로 1미터야!"

암벽 아래에서 확성기를 쥔 감독의 지시가 울려 퍼졌다. 루트 상단에 있는 패드를 터치하기까지 남은 거리는 1미터. 하지만 로아는 14미터에 멈춰 선 채 꼼짝할 수 없었다. 주변의 공기가 갑자기 희박해지기라도 한 듯 숨이 막혔다. 헐떡거리는 숨을 고르느라 홀드를 붙잡고 있기도 벅찼다.

'숨 쉬어. 숨을 쉬란 말이야!'

한 발만 더 올라가면 분명 다시 숨을 쉴 수 있을 거다. 그러나 이번에도 결국 1미터를 오르지 못했다. 발로 벽을 밀며 아래로 내려간 로아가 마주한 것은 감독의 깊은 한숨이었다.

"나로아. 도저히 안 되겠냐?"

로아는 고개를 숙인 채 아무 말도 하지 못했다.

"그래. 제일 속상한 건 너겠지. 고소공포증도 아니고 정말 딱 1미터만 더 올라가면 되는데 그게 안 되다니, 이런 경우는 처음이네."

1미터의 저주. 감독이 그렇게 이름 붙인 현상이 처음 나타난 건 한 달 전에 있었던 선발전 때였다. 로아는 5분여 동안이

나 암벽 14미터 지점에 매달려 있었다. 목소리 때문이었다. 그 목소리가, 목을 조르듯 공기를 모두 앗아갔다.

"무슨 일 있는 건 아니지? 이 학교가 워낙 입시 위주라 부활동을 계속하는 게 고민이라던가. 뭐든 상담해 주마."

로아는 고개를 들어 감독을 봤다. 감독은 괜찮은 사람이다. 감독에게 고민 상담을 하는 게 좋아서 클라이밍부에 들어왔다는 부원이 있을 정도다.

"아뇨……. 아무 일도 없어요."

거짓말이다. 있었다, 무슨 일.

선발전 날, 아버지가 경기장에 찾아왔다. 경기 순서를 기다리는 로아에게 다가와 귓가에 속삭였다. "누가 이딴 쓸데없는 짓 하래?" 로아의 몸이 뻣뻣하게 굳었다. 로아에게서 한 걸음 떨어진 아버지는 감독에게 사람 좋은 웃음을 지어 보였다. "아버님이 응원을 오셨군요. 로아는 참 좋은 부모님을 뒀네." 아버지는 이제껏 로아가 클라이밍 한단 말을 안 해서 몰랐다고 너스레를 떨었다. 숨이 막혔다. 이곳까지 아버지가 찾아올 줄은 몰랐다.

로아의 차례가 되었다. 로아는 언제나처럼 집중했다. 자신의 팔과 다리로 한 발 한 발 정상에 올랐다가 벽을 박차며 내려올 때의 공기 흐름을 상상하려 했다. "나로아! 파이팅!" 하지만 로아를 부르는 쩌렁쩌렁한 아버지의 목소리가 공기를 앗아갔다. 아버지가 로아의 이름을 부르는 건 주로 그런 때였다. 머리채를 잡고 베란다로 끌고 갈 때, 발로 등을 걷어찰 때, 쓸데없는 것이라 부르며 욕할 때. 그럴 때마다 로아는 숨이 막혔다. 벽에 매달린 그 순간에도 그랬다. 숨 쉬는 법을 잊은 듯이 헐떡거리다가 잡아야 할 홀드를 놓쳤다. 손이 미끄러졌다.

그대로 추락했다.

암벽을 걷어찰 정신도 없어서 몸이 한 번 크게 부딪힌 후에야 허둥지둥 중심을 잡았다. 클라이밍을 시작한 이후 그렇게 속절없이 떨어진 건 처음이었다. 지상 매트에 발을 내딛자마자 쓰러지듯 드러누웠다. 감독이 로아에게로 달려왔다. 감독의 어깨 너머로 히죽 웃는 아버지가 보였다. 아픔보다도 들켰다는 절망이 더 크게 몰려왔다. 어쩌면 다시는 클라이밍을 하지 못할 수도 있단 사실이 무엇보다 두려웠다.

경기장을 나오면서 아버지는 이왕 시작했으니 다음 대회에서 반드시 상을 받아 오라고 말했다. 그 말은 곧 상을 받지 못하면 클라이밍을 그만둬야 한다는 경고였다. 그날부터 로아는 얼어붙었던 높이, 14미터에 도착하면 숨이 가빠지는 현상을 겪게 되었다.

저주의 원인은 명백했다. 그러나 누구에게도 털어놓을 수는 없었다. 선생님에게도, 친구들에게도. 어차피 아무도 믿어주지 않을 것이다. 믿어준다고 해도 그 뒤엔? 호기심 어린 수

군거림이 따라붙는 순간 학교는 이전의 학교가 아닐 터였다.

"선발전 때 추락한 게 트라우마가 되었을 수도 있어. 그래도 아버지가 경기를 보러 오실 정도니까 집에서도 잘 보살펴 주실 테지. 믿는다, 나로아. 파이팅!"

감독이 과장된 몸짓으로 주먹 쥔 손을 흔들어 보였다.

"파이팅!"

로아도 웃으며 가볍게 주먹을 쥐어 보였다. 그러나 탈의실에 들어선 순간, 로아의 얼굴에서는 표정이 사라졌다. 로아는 운동복을 벗고 사물함에서 교복을 꺼냈다. 교복 셔츠 가슴께에 분홍빛의 옅은 얼룩이 져 있었다. 애써 문질러 봤지만 고춧가루 섞인 양념은 좀처럼 지워지지 않았다. 아침 식탁에서 아버지가 던진 두부조림의 흔적이다. 기분 나쁜 뉴스를 들어서, 넥타이가 잘 매지지 않아서, 입맛이 없어서……. 아버지가 짜증을 내는 이유는 다양했다. 그리고 당연하다는 듯이 로아에게 그 짜증을 풀었다.

로아는 결국 생활복 셔츠를 입고 체육관을 나섰다.

'이대로 저주가 풀리지 않으면…….'

안 될 일이다. 로아는 아랫입술을 꽉 깨물었다.

로아가 클라이밍을 시작한 건 중학교 3학년 때였다. 학교에서 단체로 클라이밍 체험을 하러 간 날, 로아는 줄 하나에 의지해 높은 암벽을 오르는 사람들의 모습에 압도당했다. 나는 절대 저렇게 대단한 일은 할 수 없을 거야, 라고 생각했다.

하지만 할 수 있었다. 강사가 가르쳐준 대로 있는 힘껏 발과 손을 뻗자 놀랍게도 벽을 오를 수 있었다. 한 발, 또 한 발 위로 오를 때마다 어떠한 벽이든 넘을 수 있을 듯한 고양감이 몸 안에 차올랐다.

'당연한 것' 따위는 없음을, 로아는 처음으로 오른 암벽 위에서 깨달았다. 클라이밍을 잘하고 싶어졌다. 좀 더 높이 오를 수 있게 되면 집에서도 벗어날 수 있지 않을까. 처음 떠오른 생각에 가슴이 터질 듯 부풀어 올랐다.

로아의 부모는 변덕스러운 사람들이었다. 지독하리만치 로아에게 무관심했으나 정작 로아가 자신들의 통제를 벗어나면 참지 못했다. 어떤 날은 집에 늦게 들어온다고 폭력을 휘둘렀으나 그다음 날이면 로아가 집에 들어오든 들어오지 않든 신경 쓰지 않았다. 고등학교 교복값이 아깝다고 타박하면서도 주변 사람들에게는 로아가 명문 고등학교에 입학한 것을 자랑했다.

그 자랑을 들은 이들은 '역시 완벽한 가족'이라고 감탄했을 것이다. 부부 모두 대기업에 재직 중인데다 중산층의 상징과도 같은 아파트에 거주 중인 3인 가족. 보편적인 삶이야말로 안전하다 믿는 사람들은 그 안에서 곪아가는 폭력에까지 관심을 기울이지 않았다.

언젠가 집을 나가자. 생각은 곧 결심이 되었다.

그때부터 로아는 어머니 아버지 몰래 클라이밍을 배웠다. 들키면 쓸데없는 짓 하지 말라고 얻어맞을 것이 뻔했다. 그래서 고등학교 입학 후 클라이밍부에 든 것도, 대회에 나간 것도 모두 비밀에 부쳤다. 벽을 오르는 것이 점점 능숙해져 기록이 좋아질수록 로아는 자신이 강해졌음을 느꼈다. 집을 벗어나기 위한 계획도 더 구체적으로 그려갔다. 장학금을 받아 기숙사가 있는 대학에 가고, 대학에 입학한 후에는 건물 외벽 청소 아르바이트로 돈을 모을 것. 클라이밍 실업팀에 대해서도 알아보았다. 지금 당장 집을 뛰쳐나갈 용기는 없었으나 미래를 계획하는 것만으로 예고 없이 쏟아지는 폭력을 견디는 일이 조금은 수월해졌다.

'정신 차리자. 클라이밍을 빼앗길 순 없어.'

로아는 자신의 두 뺨을 찰싹 때렸다.

'하강할 때의 감각을 떠올려. 물고기가 수면 위로 튀어 오르는 듯한 감각. 그리고 동료가 이끄는 흐름 속으로 돌아가는 그 사랑스러운 감각을.'

폭력 때문에 그 감각을 영영 잃을 수는 없다. 로아는 다시 아랫입술을 잘근잘근 깨물었다. 목이 말랐다. 운동장을 가로질러 본관으로 향하는 내내 견딜 수 없이 목이 말랐다. 로아는 손바닥을 쫙 펴 보았다. 비늘이 일어난 것처럼 손가락 주변의 피부가 벗겨져 있었다. 어려서부터 가습기를 틀어도 아무 소용 없을 정도로 피부가 건조했다.

'사람의 조상이 물고기일 수도 있다는데, 그 때문인 걸까.'

로아는 손톱 끝 거스러미를 잡아 뜯었다. 언젠가 봤던 다큐멘터리에서 그랬다. 현대 인류 전에 고대 영장류가 있었고 그 이전에는 고대 포유류가, 더 이전에는 고대 어류가 있었단다. 그때 로아는 확신했다. 나는 부모님과 다른 개체다. 분명 어느 때에 크게 갈려버린 다른 개체의 세포를 품고 있는 것이다. 두 사람이 나를 사랑하지 않는 것은, 나만 보면 인상을 쓰고 폭력을 가하는 것은 그 때문인 것이다, 라는 확신.

그렇다면 역시 물고기다.

로아는 자신의 세포 일부에 물고기의 시간이 깃들어 있다고 느꼈다. 둔클레오스테우스나 히네리아 같은 큰 포식자가 아니라 제브라피시처럼 떼로 몰려다니며 빠르게 헤엄치는 작은 물고기. 암벽을 타고 오를 때 바닷속을 헤엄치는 물고기가 된 듯한 기분을 생각하면 분명 그렇다.

물 밖으로 끌어 올려진 물고기처럼 까맣게 죽어 있던 로아의 표정은 본관이 가까워지자 조금씩 생기를 띠기 시작했다. 로아는 빠르고도 유연하게, 같은 교복을 입은 고만고만한 아이들의 무리에 섞여들었다.

"안녕, 로아야. 아침 훈련 하고 온 거야?"

"나로아, 체대 갈 거냐? 동아리 활동은 생기부 기록 채울 정도만 하면 되지, 뭘 그렇게 열심히 해? 상 하나 탔으면 그걸로 된 거 아냐?"

"왜? 로아가 클라이밍으로 금메달 딸지 누가 알아?"

친구들이 하나씩 로아에게로 다가왔다. 친구들과 어울려 본관 안으로 들어서면서 로아는 내내 웃고 떠들었다.

"아, 학교 오기 싫어."

"나도! 특히 월요일은 더 지옥 같아. 그냥 줌 수업하면 좋겠다."

"중학교 때처럼? 그럼 또 팬데믹인데?"

그건 절대 싫어. 로아는 치밀어 올라오는 말을 꿀꺽 삼켰다. 로아가 중학생이었던 때, 전 세계에 전염병이 돌았다. 예방약도 치료약도 없는 전염병은 모든 것을 집 안에 묶어버렸다. 학교가 휴교에 들어간 동안 로아는 유일한 피난처를 잃어버린 채 집에서 몸을 웅크리고 있어야만 했다. 또다시 그런 상황이 닥치면 견딜 수 없을 것이다.

그러나 로아는 그런 심정을 입 밖에 낼 만큼 어리석지 않았다. 학교를 좋아하는 학생은 없다. 진심이든 아니든 아이들은 그 명제를 기본으로 동료의식을 쌓아 올렸다. 로아는 튀고 싶지 않았다. 물고기가 무리 속에 자신의 무늬를 맞추듯이 친구들과의 관계를 위해서라면 기꺼이 그 정도 거짓말은 할 수 있었다. 학교가 싫어, 라는 거짓말. 진심을 포장지로 꽁꽁 여며야 하더라도 무리 안에 있을 수 있다면 그것으로 족했다.

포장지에 싸놓은 진심. 학교가 좋다.

로아는 학교를 숨 쉴 수 있는 바다로 만들기 위해 부단히 노력했다. 어릴 적부터 노력에는 이골이 난 로아였다. 아버지의 심기를 거스르지 않고, 어머니의 말을 잘 듣고, 뭐든 잘하는 착한 아이가 되면 어느 날 신데렐라의 요정 대모 같은 사람이 나타나 마법 지팡이를 휘둘러 줄 거라 믿었다. 그럼 진짜 아버지 어머니가 나타날 거라고. 자신을 '한심하고 쓸모없는 것'이라고 부르는 지금의 아버지 어머니는 가짜고, 어딘가에 로아를 끔찍하게 아껴줄 아버지 어머니가 있을 거라고.

더 이상 호박이 마차로 변할 거라 믿지 않는 나이가 된 후에는 "아버지는 원래 그런 사람이니깐 참아."라는 무덤덤한 어머니의 목소리에 마음이 베이지 않으려 노력했고, 폭언이 쏟아질 때면 커다란 쓰레기통이 되었다고 상상하려 애썼다. 그런 노력에 비하면 학교에서의 노력은 그다지 힘들지 않았다. 아니, 힘들더라도 해야만 했다. 집에서 숨 쉴 수 없다면 어디든 숨 쉴 수 있는 곳을 만들어야만 했다.

로아는 학교에서 '상냥하고 무엇이든 잘하는 나로아'를 기꺼이 연기했다. 노력의 결과로 로아는 학교에서만큼은 사나운 입과 손발을 잊을 수 있었다. 교실 창문에서 내려다보는 풍경에 위안을 얻을 수 있었고, 시시한 수다를 떨며 웃을 수 있는 친구들과 로아라면 믿고 맡길 수 있다고 말하는 선생님을 얻을 수 있었다.

"팬데믹은 사절. 노래방 가기도 눈치 보였잖아, 그때."

"그건 그래. 담임 아직 안 왔지?"

로아와 친구들은 수다를 떨며 교실 안에 들어섰다. 아침의 교실 풍경은 언제나 비슷했다. 삼삼오오 모여 동영상을 보는 아이들, 교실 뒤에 몰려서 축구공을 주고받는 아이들, 자리에 엎드려 자는 아이들까지. 로아가 교실을 가로질러 자신의 책상에 책가방을 올려놓았을 때였다. 날카로운 고함이 교실 안에 울려 퍼졌다.

"꺼지라고! 귀찮게 하지 말고!"

곧 교실 문 닫히는 소리가 요란하게 이어졌다. 로아는 고함 소리에 놀란 것을 들키지 않으려고 가만히 숨을 내쉬었다.

"박도율, 왜 저래?"

"또 차주혁이 건드렸나 보지."

잠시 교실 안이 술렁거렸다. 로아가 그대로 자리에 앉자마자 옆에 앉은 혜인이 로아의 옆구리를 쿡 찔렀다.

"방금 봤어?"

"뭘?"

혜인은 로아에게 바짝 얼굴을 붙여 속삭였다.

"박도율. 차주혁한테 한마디도 못 하고 있다가 로아 네가 지나가니깐 갑자기 성질내고 나간 거야. 내가 그랬지? 박도율, 쟤 너 좋아한다니까."

로아는 피식 웃었다.

"그럴 리가. 나 걔랑 말도 제대로 해본 적 없어."

"이전에 네가 박도율 도와준 적 있잖아. 왜, 차주혁이 계속 박도율한테 공 던졌을 때."

"그랬나? 잘 기억 안 나는 걸 보면 별일 아니었나 본데."

짐짓 모른 척했지만 사실은 기억했다. 학기 초의 일이었다. 주혁이 누군가의 머리에 계속 축구공을 던지고 있었다. 퉁. 퉁. 공이 머리를 때리는 소리가 싫었다. 그날 아침, 아버지가 로아를 향해 던진 골프공이 눈앞에 어른거렸다. 주혁은 누구에게든 곧잘 공을 던졌고, 누군가를 집요하게 별명으로 부르곤 했다. 당한 애들은 기분 나빠하다가도 며칠이 지나면 주혁과 인사를 주고받으며 지냈다. 주혁의 장난은 어디까지나 장난이어야 했다. 그래야 교실이 평화로울 수 있었으니까.

로아도 그 평화를 깨뜨리고 싶지 않았다. 그렇지만 그날은 교실 뒤에서 계속 들려오는 공 소리를 도저히 참을 수가 없었다. 자꾸만 오버랩되는 폭력의 장면을 지워내기란 쉬운 일이 아니었다. 로아는 자리에서 일어나 교실 뒤로 걸어갔다. 주혁이 다시 도율의 머리로 공을 던졌다. 공이 허공에 뜬 순간, 로아가 공과 박도율의 사이에 끼어들었다. 공은 로아의 몸에 맞고 교실 바닥에 떨어졌다. "교실에서 공을 막 던지면 어떡해?" 로아는 공을 들어 주혁에게 던지며 쏘아붙였다. 주혁은 공을 받아들고는 로아와 도율을 번갈아 바라보더니 흥, 코웃음을 쳤다.

"진짜 기억 안 나? 박도율은 그날부터 너 좋아하는 티 팍팍 내던데."

"기억 안 나. 도와준 적 없어."

그건 거짓말이 아니었다. 도와준 게 아니라 하고 싶은 대로 했을 뿐이었다. 공을 막아섰던 것에 어설픈 정의감 따위 없었다. 좋아하는 학교에서만은 폭력을 마주하고 싶지 않았다. 물론 알고 있었다. 학교 곳곳에 폭력이 꿈틀거리고 있다는 것을. 그러나 그것들이 눈앞에 나타나지 않은 이상 못 본 척하면 그만이었다.

"도와준 적 없긴. 하여간 넌 너무 착해."

"오늘 디자인플라자 갈 거지?"

로아는 말을 돌렸다. 디자인플라자에서 열리는 댄스 경연 대회는 혜인이 낯 날 전부터 고대해 온 이벤트였다. 혜인이 열성적으로 좋아하는 댄서가 출연하기 때문이었다. 로아가 노린 대로, 혜인은 그때부터 수업 시작종이 울릴 때까지 댄스 경연 대회에 대해서만 열성적으로 떠들었다.

"빨리 들어가 앉아, 박도율. 수업 시작 직전인데 왜 쓸데없이 복도를 서성거리고 있어?"

교실 앞문이 열리고, 수학 선생님의 뒤로 도율이 고개를 푹 숙인 채 들어왔다. 도율은 패잔병처럼 발을 끌며 자리로 향했다. 내내 고개를 숙이고 걷다가 로아의 옆을 지날 때만 슬쩍 고개를 들었다. 멍하니 교실 앞을 보고 있던 로아는 뺨에 와 닿는 시선에 고개를 돌려 옆을 봤다. 그러나 로아가 본 것은 느리게 걷는 도율의 뒷모습뿐이었다.

펜슬이 패드 화면에서 미끄러졌다. 화면은 이미 새까맸다. 계속해서 그어댄 선 때문에 수학 문제는 보이지 않았다.

"14번. 2번 문제 답 뭐지?"

도율은 13번이다. 언제 또 선생님이 번호를 불러 문제 풀이를 시킬지 모르니 답을 베껴놓기라도 해야 했다. 도율은 화면 속의 까만 선을 지웠다. 기계적으로 손을 움직이면서 힐끔, 로아를 봤다. 로아는 등을 꼿꼿이 펴고 앉아 수업을 듣고 있었다. 하나로 묶은 머리카락이 목덜미에서 흔들렸다.

'나로아가 봤겠지? 아까 차주혁이 나 괴롭히는 거.'

한심하게 여기진 않았을까. 패드에 다시 까만 선이 생겨났다. 로아에게 한심한 모습을 보이고 싶지 않았던 만큼, 주혁을 향한 분노가 치솟았다.

'똥파리 같은 자식.'

초등학교 때도 중학교 때도 주혁 같은 놈들이 있었다. 여유로운 포식자인 양 폼을 잡지만 실제론 물어뜯기 쉬운 먹잇감을 찾아 헤매는 똥파리들이다.

'그럼 나는 뭐지? 똥파리가 노린 나는?'

도율은 화면을 넘겼다. 깨끗한 흰 페이지가 나타났다. 마음을 가다듬고 한 글자씩 또박또박 글자를 써 넣었다. 커뮤니티에서 읽은 대로 글자를 쓸 때마다 왼쪽 새끼손가락을 두 번씩 까딱거리는 것도 잊지 않았다. 이번에 올라온 '사역마를 부르는 주술'은 효과가 꽤 좋다는 평이었다. 한순간이지만 검은 나비를 불러냈다는 사람도 있었다.

'나비 같은 것보단 역시 독거미지.'

사역마로 독거미를 불러내면 당장 주혁을 물라고 명령할 것이다. 아니, 그 정도로는 분이 풀리지 않는다. 전국에 있는 모든 학교에 독거미를 한 마리씩 보내야지. 학교에서 의문의 독살이 계속되면 휴교령이 내려질 것이다. 학생들이 죽어봤자 쉬쉬하면서 신경 쓰지 않을 테니 무조건 선생들을 타깃으로 삼아야 한다. 전국의 교사가 절반쯤 사라지면 휴교령 정도는 내리지 않을까. 휴교령을 해제하려 하면 그때는 교육감에게 독거미를 보낼 거다. 그런 일을 반복하다 보면 언젠가 학교 자체가 없어질지도 모른다.

도율은 학교가 싫다.

초등학교에 입학하기 전에도 학교가 싫었다. 도율의 한 살 많은 형, 도준은 툭하면 학교 대표로 각종 체육대회에 출전했다. 그리고 메달을 딴 날이면 괴성을 지르며 도율에게 레슬링 기술을 걸었다. 목이 졸리는 순간 정말로 죽을 것만 같아서 몸부림치며 거실 바닥을 마구 두드렸었다. 아빠 엄마와 형은 그 모습이 재미있다며 깔깔 웃었다. 성격 나쁜 형에게 상을 주다니, 학교란 나쁜 곳이다. 어렸던 도율은 그렇게 학교를 탓하며 견딜 수밖에 없었다.

그래도 고등학교 입학 전까지는 나름대로 잘 버텼다. 학교에서 괴롭힘을 겪기도 했지만 그 괴롭힘을 잊게 해주는 친구들이 있었다. 가끔은 집에서 형에게 얻어맞느니 학교에 오는 것이 낫다고 여긴 적도 있었다. 하지만 고등학교에 입학하면서 학교는 싫다는 말로는 표현이 부족한 곳이 되었다.

도율의 부모는 좋은 학교를 나오면 사회에서 좋은 위치를 차지할 수 있다고 믿었다. 대학 진학률이 높은 명문 고등학교에 입학하면 당연히 좋은 대학을 갈 것이라 생각한 아빠 엄마는 편법으로 주소를 옮겨서 도율을 지금의 학교로 진학시켰다. 도율이 싫다고, 중학교 친구들과 같은 고등학교에 가고 싶다고 했지만 소용없었다.

그렇게 시작된 고등학교 생활은 지옥이었다. 이미 선행학습을 마치고 온 아이들과 다르게 수업을 따라가기도 벅찼고, 브랜드 실내화를 신는 걸 당연하게 여기는 아이들 사이에서 삼선 슬리퍼를 신은 발을 숨겨야 했다. 이 아이들이 좋은 대학에 가는 건 좋은 고등학교에 다니기 때문이 아니라 그저 모든 게 주어졌기 때문이라고 아빠 엄마를 향해 소리라도 지르고 싶었다. 하지만 하소연해 봤자 "형처럼 특출한 재능이 없으면 공부라도 잘해야지."라는 잔소리만 돌아올 것이 뻔했다.

형 도준은 체육 특기생이 되어 고등학교 기숙사에서 지내고 있었다. 아빠 엄마는 도준이 국가대표가 될 것임을 믿어 의심치 않았다. 디자인플라자 안에 있는 부모님의 백반집 한쪽 벽에는 도준이 받은 상장들이 즐비하게 걸려 있었다. 도율은 그 상장을 볼 때마다 숨이 막혔다. 고통스러웠다. 학교가 사라지면 얼마나 좋을까. 매일 그런 상상을 했다.

'비슷한 연령대의 아이들을 꾸역꾸역 한 장소에 몰아넣고는 경쟁하라고 부추기다니. 이게 데스 매치가 아니고 뭔데?'

학교는 최악이다. 최악의 시스템. 어른들이 멋대로 만들어낸 제도. 정성껏 마지막 글자를 쓰고 주문을 외우기 직전까지, 도율은 상상 속에서 또 한 번 학교를 폭파했다.

'나타나라. 나타나. 피의 계약을 하는 거야.'

하지만 아무리 기다려도 독거미는커녕 벌레 한 마리 날아들지 않았다.

'이딴 거, 애초에 믿은 적 없어.'

도율은 신경질적으로 패드에 적은 글자를 지웠다. 다른 주술을 실험해 볼까 싶었다. 도율이 하루에 두세 시간씩 들여다보는 커뮤니티 게시판의 이름은 '흑마법·오컬트 전문'이었지만 올라오는 내용 중 대부분은 도시 괴담에 가까운 주술들이었다. 주술에 성공했다며 올리는 인증샷들도 대개는 조악한 합성물이었고, 일부 유저들은 그 사진을 짤방으로 만들며 놀았다.

도율도 진심으로 주술이 실현될 거라 믿고 행하는 건 아니었다. 때로는 커뮤니티 글을 열심히 읽는 자신의 모습이 한심해서 실소가 나오기도 했다. 그래도 새로운 주술을 확인하고, 괜찮다 싶은 걸 외워두었다가 답답할 때면 시도해 보는 일을 그만둘 수 없었다. 주문을 적을 때만은 자신이 진짜 특별한 힘을 가진 듯한 두근거림을 느낄 수 있었으니까. 도율은 패드에 새 주문을 적기 시작했다.

"13번. 4번 문제 답 뭐지?"

주문을 적는 데 집중한 도율은 선생님의 말을 듣지 못했다.

"뭐 하냐, 박도율. 또 딴짓이야?"

도율은 그제야 선생님이 바로 옆에 와 선 것을 알았다. 선생님이 도율의 패드를 낚아챘다.

"선동의 악마여. 내 계약을……. 아이고, 이게 뭐야? 박도율. 고등학생씩이나 돼서 이런 걸 쓰고 놀아? 읽기도 창피하네. 정신 차려라. 수업 시간에 딴짓하라고 패드 나눠주는 거 아니다."

교실 이곳저곳에서 웃음소리가 터져 나왔다. 도율은 선생님이 돌려준 패드를 꽉 움켜잡으며 로아를 봤다. 로아는 웃고 있지 않았다.

'어쩌면 나로아도 나를 좋아하는 게 아닐까?'

불쑥 그런 생각이 솟아올랐다. 사탕처럼 달콤한 생각 덕에 좀처럼 멈추지 않는 웃음소리 속에서도 버틸 수 있었다. 도율은 로아의 뒷모습을 힐끔거리며 수업 시간을 버텼다.

"도율아, 선생님하고 잠깐 이야기 좀 하고 갈까?"

종례 시간이 끝나고, 책가방을 멘 도율에게 담임이 다가왔다. 진지한 담임의 표정에 도율의 가슴이 두근거렸다.

'드디어 해결될 거야. 이번 담임은 분명 내 마음을 알아줄 거라 믿었어.'

지난주, 학교에서 학교폭력 실태조사가 실시됐다. 조사서를 나눠주며 담임은 솔직하게 쓰라고 했지만 아이들의 표정은 심드렁했다. 몇몇이 도율을 힐끔거리긴 했어도 손을 움직이는 아이는 없었다. 도율은 한참이나 머뭇거리다가 펜을 잡고 담임을 바라보았다. 이번 담임은 무언가 다를 것이다. 그런 믿음에 손을 움직였다.

'담임은 다른 선생들하곤 달라. 내 말도 잘 들어주고, 무엇보다 나랑 같은 작품을 좋아하잖아. 분명 해결책을 마련해 줄 거야. 그러니 따로 이야기하자는 거지.'

학기 초, 담임의 책꽂이에 좋아하는 만화책이 꽂혀 있는 걸 보고 도율은 친밀감을 느꼈다. 마니아적인 내용이라 커뮤니티에서도 좋아하는 사람을 만나기 힘든 작품이었다. 도율이 만화책에 관심을 보이자 담임은 10대가 읽기엔 어려운 작품인데 읽었느냐며 반가워했다. 도율이 학교 선생님과 그렇게 오래 대화를 나눈 건 처음이었다. 그 후로도 종종 담임은 도율에게 요즘은 무슨 책을 읽니, 하고 말을 걸었다.

그전까지 어느 것 하나 특출하지 않고, 말썽을 부리는 것도 아닌 도율에게 관심을 기울인 선생님은 없었다. 고등학생이 되면서 수업 진도를 따라가지 못하자 몇몇 교과 선생님들은 도율을 타박하기도 했다. 오늘처럼 수업 시간에 딴짓을 할 때면 대놓고 망신을 주는 경우도 있었다. 그때마다 도율은 학교가 폭파되고 선생들도 다 사라져 버리면 좋겠다고 생각했다.

하지만 이번 담임은 예외였다. 상상 속에서 로아와 담임은 학교 안에 있지 않았다. 미리 도율의 연락을 받고 폭파 예정인 학교에서 빠져나와 도율과 함께 운동장 한가운데에 서 있었다. 담임이 도율에게 '역시 넌 내 친구'라고 말하고, 로아는 감사의 키스를 해주는 것으로 상상은 마무리되었다.

상담실에 들어가 담임과 마주 보고 앉기까지 도율의 마음은 기대로 부풀어 올랐다. 용기 내어 건넨 도움 요청에 담임이 손을 뻗었다. 그러니 앞으로는 분명 무언가 변할 것이다.

"학교폭력 조사서 쓴 것 말이다. 네가 폭력을 가한 친구로 주혁이를 적어 냈잖니."

담임이 상담실 탁자 위에 놓인 사과를 깎으며 말했다.

"선생님이 주혁이하고도 대화를 해보고, 반 애들 말도 들어봤어. 주혁이는 도율이 너와 친구라고 하더구나. 친구한테 장난친 거라고. 반 애들 말도 별반 다르지 않고. 그래서 확인 좀 하려고 불렀어."

"확인이요?"

사각사각. 사과 껍질이 칼에 깎여 나가는 소리가 유독 크게 울렸다.

"그래. 보자, 차주혁이 너한테 한 게…… 별명 부르기. 숙제 보여 달라고 노트 가져가기. 이 정도는 친구들끼리 하는 장난 아니니? 다음은 오타쿠, 돼지라고 큰 소리로 놀리기. 공으로 머리 때리기. 주혁이 말로는, 도율이 네가 점점 살이 찌는 게 걱정돼서 다이어트를 도와주려 했다더구나. 방법이 좀 그랬으면 미안하다고."

"무슨 말을…… 하고 싶으신 거예요?"

사과가 매끈한 속살을 드러냈다. 담임은 사과를 여섯 조각으로 잘라내고서 과도를 내려놓았다.

"주혁이에게 사과받고 끝내는 게 어떤지 의견을 물어보는 거야. 이 정도로 학폭 운운하기엔 좀 그렇잖냐. 너도 알지? 학폭위 한번 열리면 여러 사람 껄끄러워지는 거. 너한테도 좋을 거 없어."

아삭. 담임이 사과를 베어 물었다. 도율은 담임이 앞니로 사과 조각의 끝을 왕창 잘라내는 것을, 사정없이 턱을 움직이는 것을 멍하니 바라봤다. 담임이 사과가 아닌 자신의 머리 한쪽을 베어 문 것만 같았다.

"도율아."

아무 대답이 없자 담임은 재촉하듯 도율을 불렀다.

"먹어라."

도율은 담임이 내민 사과 조각을 받아 들었다.

"왜 학폭이 아닌데요?"

"뭐?"

"제가 폭력이라고 느꼈는데, 그게 왜 학교폭력이 아니냐고요."

도율은 손에 든 사과에 시선을 고정한 채 빠르게 말했다.

'믿었는데……. 선생님은 나를 구해줄 거라고.'

담임이 깎아낸 것은 사과 껍질이 아닌 도율의 마음이었다. 도율은 사과를 꽉 움켜쥐었다가 담임을 향해 던져버렸다. 충동적인 행동이었다. 담임이 사과 조각을 피하려고 고개를 돌린 사이 도율은 탁자에 놓인 과도를 집어 들었다. 그러고는 허공에 마구 휘둘렀다.

"도율아! 그거 내려놔!"

담임이 다급히 도율에게로 손을 뻗었다. 도율이 마구잡이로 휘두른 과도가 담임의 손목을 스쳤다. 담임이 비명을 지르며 몸을 숙였다. 손목을 부여잡고 떠는 담임의 모습이 도율을 더욱 어지럽게 했다.

툭. 도율의 손에서 과도가 떨어졌다.

"다, 당신도 아파봐야 해."

도율의 목소리가 마구 떨렸다. 담임이 도율아, 하고 다시 이름을 부른 순간 도율은 상담실을 뛰쳐나왔다.

'아플까? 아프겠지. 아파야만 해.'

당신도 아파봐야 내 고통을 이해할 테니까. 계단을 뛰어 내려와 건물 현관을 벗어난 순간, 도율은 웃었다. 조금도 즐겁지 않은데 이상하게 웃음이 나왔다. 운동장 모래가 발아래로 푹푹 꺼져 들어갔다. 도율은 으하하하 소리 내 웃으며 운동장을 가로질렀다.

숫제 울음 같은 웃음이었다.

로아가 주머니 안을 더듬었다.

"나 아까 사진 찍고서 부스에 휴대폰 놓고 나왔나 봐."

무대 앞에 자리 잡고 선 친구들은 로아의 말에 서로를 바라보았다. 무대 위는 세팅이 한창이었다. 잠시 후면 공연이 시작될 터였다.

"혼자 가도 돼. 너희는 여기 있어."

로아는 빼곡히 붙어 선 사람들 사이를 비집고 나가 포토부스가 있던 D동 건물로 향했다. 해가 질 때의 주황빛 노을이 건물 입구를 통해 새어 들어와 엘리베이터 앞을 물들였다. 로아는 고개를 숙여 자신의 발끝이 노을빛 안에 잠기는 것을 보았다. 그때, 뒤에 서 있던 사람이 로아를 밀치며 앞으로 걸어나갔다. 로아가 황급히 고개를 들어 앞을 봤지만 그 사람은 문이 열린 엘리베이터 안으로 뛰어들어 유유히 사라진 뒤였다. 벌써 세 번째, 또 엘리베이터를 놓쳤다. 축제를 즐기러 온 사람들과 관광객들, 상인들과 쇼핑하러 온 손님들이 뒤섞여 엘리베이터 앞은 만원 전철처럼 붐볐다.

'걸어 올라가는 게 더 빠르겠네. 4층쯤이야.'

결국 로아는 사람들 틈을 비집고 나와 비상구 출입문을 열었다. 계단을 한 칸 오를 때마다 발소리가 퉁퉁 울렸다. 철문 하나로 분리되었을 뿐인데 엘리베이터 앞의 소란스러움은 어디론가 사라지고 혼자만의 세계가 된 듯했다.

'정말 다른 세계로 갈 수 있으면 얼마나 좋을까.'

로아는 계단을 오르며 상상했다. 이 세계가 아닌 다른 세계가 있고, 그곳에는 또 다른 나로아가 있는 것이다. 어릴 때부터 종종 하던 상상이었다.

'어떤 세계에는 아버지 어머니에게 사랑받는 내가 있겠지. 그 애는 조금이라도 나와 닮은 부분이 있을까?'

로아는 상상에 잠겨 계단을 오르느라 누군가 2층 층계참 구석에 쪼그려 앉아 있는 것을 눈치채지 못했다.

"나로아?"

발소리만 울리던 공간에 새된 목소리가 울려 퍼졌다. 로아는 흠칫 놀라 지나온 층계 아래를 내려다보았다. 로아의 이름을 부른 사람은 익숙한 얼굴이었다.

"박도율? 너 거기서 뭐 해?"

도율이 엉거주춤 몸을 일으켰다.

"어…… 엄마 식당이 여기 있어서 잠깐 들렀어. 넌?"

"친구들이랑 놀러 왔어. 4층 포토 부스에 휴대폰 놓고 와서 가져오려고."

"휴대폰……."

도율이 중얼거렸다. 로아는 다시 발걸음을 옮겼다. 이제 곧 공연이 시작될 터였다. 꾸물거릴 여유가 없었다. 계단을 올라가는데 뒤에서 또 다른 발소리가 엇박자로 들려왔다. 도율이 뒤따라 올라오고 있었다.

"나로아. 나 휴대폰 좀 빌려줘."

"휴대폰? 네 건?"

"잃어버렸어. 그래서 전화해 보려고."

로아는 도율이 불편했다. '박도율이 너 좋아하는 거 아냐?' 라고 놀리던 혜인의 말 때문만은 아니었다. 로아는 학교에서만큼은 폭력을 마주하고 싶지 않았기에, 기꺼이 보이는 것도 보이지 않는 척하며 지냈다. 그러나 능숙하게 보이지 않는 척을 하다가도 손톱 가장자리의 거스러미처럼 신경 쓰이는 것들이 있었다. 장시간 학교 외벽에 붙어 있는 학교폭력 고발문, 다들 장난인 척 넘기는 주혁의 괴롭힘 같은 폭력의 흔적들이 그랬다. 로아는 그 흔적에 닿고 싶지 않았다. 거스러미를 잘못 잡아 뜯으면 시뻘건 흉터가 남을 뿐이었다.

로아는 거스러미 아래에 많은 것을 숨겨두었다. 언제나 웃고 있는 것이 힘들고, 친구들과 어울릴 때면 위화감을 느낀다는 진실. 흔적에 닿아 흉터가 드러나면 그 모든 진실마저 밖으로 새어 나올 것만 같았다. 하지만 모른 척할 때마다 쌓이는 죄책감조차 모른 척할 수는 없었다. 죄책감은 은근한 불편함이 되었다.

"그래. 그럼 내 휴대폰 찾으러 같이 가자."

그 불편함 때문에 로아는 오히려 도율을 모른 척할 수 없었다. 로아는 도율을 향해 대꾸하며 4층 바깥으로 통하는 비상구 문을 열었다. 도율의 오른손이 사시나무처럼 떨리고 있는 것은 미처 보지 못했다.

'다행이야. 나로아를 만나서.'

도율은 떨리는 오른손을 왼손으로 꽉 잡았다. 갑자기 로아가 나타났을 때는 꿈인가 싶었다. 담임에게 상처를 입힌 후, 정신없이 학교를 벗어났지만 더럭 겁이 났다. 어디로 가야 할지도 알 수가 없었다. 집으로 갔다가는 바로 경찰이 잡으러 올 것만 같았다. 한참을 정처 없이 걷다 보니 엄마의 식당이 있는 디자인플라자에 도착해 있었다. 하지만 차마 식당으로 갈 엄두가 나지 않았다.

'그렇잖아. 엄마가 날 도와줄 리 없어. 당장 학교로 끌고 가지 않으면 다행이지.'

담임은 얼마나 다쳤을까. 설마 죽지는 않았겠지. 손목을 부여잡은 모습이 통쾌하기만 했는데 시간이 지날수록 겁이 났다. 몸이 마구 떨려서 걷기가 힘들 정도였다. 결국 도율은 비상계단의 층계참 한쪽에 쪼그려 앉았다. 반 단톡방에 무언가 올라오지 않았을까 싶었지만 가방이나 주머니 속 어디에도 휴대폰이 없었다. 교실에 두고 왔거나 어딘가에 흘린 게 분명했다. 이대로 상황 파악도 하지 못한 채 여기서 밤을 새워야 하는 걸까 싶어 눈물이 나왔다.

'지금까지 아무도 날 찾지 않는 걸 보면 담임이 신고하지 않았을 수도 있어. 나로아 폰으로 단톡방을 확인하고, 거기서 별 말이 없으면……'

도율은 로아의 뒤를 따라가면서, 붉어진 눈가를 마구 문질렀다.

"이상하네. 분명히 여기 둔 것 같은데……."

포토 부스에 도착한 로아가 그 안을 이리저리 살피자 경비원이 다가와 무슨 일이냐고 물었다. 로아가 휴대폰을 찾고 있다고 하니 경비원은 구름다리로 연결된 옆 건물을 가리켰다. 옆 건물은 아직 상가들이 입점하지 않은 상태였다.

"저쪽 건물에 임시로 분실물 센터를 만들었어요. 축제 때문에 사람이 많이 와서. 거기로 가보세요. 구름다리 건너면 금방이니까."

"구름다리에 '공사 중' 팻말이 붙어 있던데, 건너도 돼요?"

"괜찮습니다. 공사 다 끝났는데 안 뗀 거예요."

로아와 도율은 경비원이 가리키는 대로 구름다리를 건넜다. 구름다리와 연결된 출입문을 열자 아직 채 빠지지 않은 페인트 냄새가 났다. 바닥에는 급조한 듯한 화살표가 붙어 있었다. 따라가 보니 엘리베이터 맞은편에 책상이 하나 놓여 있고 그 위에 '분실물 센터'라고 쓰인 상자가 놓여 있었다.

"이게 무슨 분실물 센터야?"

로아가 상자 안에서 찾은 휴대폰을 집어 들자마자 도율이 손을 내밀었다.

"나 휴대폰 빌려주기로 했잖아."

"알았어, 잠깐만. 친구들한테 톡 좀 보내고."

로아는 엘리베이터 앞에 가 섰다. 버튼을 누르고 엘리베이터가 올라오기를 기다리며 메신저를 여는 순간 반 단톡방에 엄청난 수의 메시지가 쌓인 것이 눈에 들어왔다.

"뭐지? 단톡방에 불났는데?"

로아의 중얼거림에 도율은 마른침을 삼켰다.

'담임이 크게 다친 건가? 신고했나? 내가 칼을 휘두른 걸 알면 나로아도 도망칠 거야.'

도율은 로아가 단톡방을 확인하는 걸 어떻게든 막고 싶었다. 무엇이든 로아의 주의를 끌 만한 것이 필요했다. 커뮤니티에서 봤던 수많은 글들이 도율의 머릿속에 떠오르다 사라졌다. 초조함에 발끝이 달달 떨렸다.

"저기, 쉬프팅이라고 알아?"

퍼뜩, 눈앞의 엘리베이터와 딱 맞는 내용의 게시글이 떠올랐다.

"쉬프팅?"

로아가 휴대폰에서 눈을 떼고 도율을 바라보았다.

"인터넷에서 본 건데, 엘리베이터를 이용해서 평행세계로 갈 수 있다는 거야. 아, 평행세계라는 건 말이지……. 현재 존재하고 있는 세계와 평행선상에 위치한 또 다른 세계야. 그러니까, 여러 갈래로 가지가 뻗어나간 커다란 나무 같은 거지. 원래 세계에서 무단횡단을 할까 말까 망설이다가 하지 않은 내가 있다면, 다른 평행세계 A에는 무단횡단을 선택한 내가 있어. 그 결과 A 세계의 나는 교통사고를 당해. 교통사고를 당한 A 세계의 나는 재활을 꾸준히 하지만, 또 다른 B 세계의 나는 재활을 제대로 하지 않지. 그리고……."

"뭐? 웬 횡설수설이야. 도대체 뭐라고 하는 거야?"

"그게, 그러니까……. 뿌리가 같은 나무에서 자랐어도 가지마다 모양새와 뻗어나가는 방향이 모두 다르듯이, 평행세계의 수많은 '나'는 모두 '나'지만 분기점을 가지기에 각각의 세계에 독자적으로 존재한다는 건데……."

마침 엘리베이터가 도착해 문이 열렸다. 도율과 로아는 나란히 엘리베이터에 탔다. 도율은 재빨리 버튼 앞에 서서 2층, 4층, 6층, 10층을 순서대로 눌렀다.

"장난치지 마. 난 1층 가야 돼."

로아가 짜증을 냈지만 도율은 버튼을 몸으로 막고 서서 능글맞게 웃었다.

"말했잖아. 평행세계에 갈 수 있다고. 그걸 쉬프팅이라고 부른대. 우리도 한번 해보자! 여기 빈 건물이니까 다른 사람은 엘리베이터 안 탈 거 아냐. 평행세계 관심 없어?"

로아는 멈칫했다. 어릴 적부터 했던 상상과 도율이 설명하는 평행세계가 딱 맞아떨어졌다. 살짝 호기심이 생겼지만 친구들이 기다리고 있을 테니 도율의 장난에 맞장구칠 순 없었다. 로아는 애써 관심 없는 표정으로 다시 도율을 재촉했다.

"관심 없어. 빨리 1층이나 눌러."

엘리베이터는 층마다 멈추다가 10층에 도착했다. 도율은 다시 5층을 눌렀다.

"5층에 도착했을 때 DR의 존재가 엘리베이터에 타면 70퍼센트는 성공이야."

"DR? 그게 뭐야?"

"Desire Reality. 쉬프팅으로 가게 되는 세계를 그렇게 불러. 막상 가게 되면 그냥 이쪽 세계, 원래 세계 그렇게 부를 것 같긴 해. 번거롭잖아."

엘리베이터는 빠르게 5층으로 내려갔다. 그사이에도 단톡방의 새 메시지 알림 숫자는 계속해서 늘었다. 로아는 단톡방을 클릭해 봤지만 엘리베이터 안이라 데이터가 잘 터지지 않는 탓인지 글자는 하나도 뜨지 않았다. 빈 창에 스크롤만 왔다 갔다 했다.

"장난 그만하고 1층 눌러."

"알았어. 그럼 나 휴대폰 빌려줘. 급해서 그래."

엘리베이터가 5층에 도착했다. 로아가 도율에게 휴대폰을 건네는데, 엘리베이터 문이 열리며 그 안으로 긴 그림자가 드리워졌다. 두 사람은 흠칫 놀라 엘리베이터 문밖을 바라봤다.

"야옹."

고양이였다. 삼색 고양이가 우아한 걸음걸이로 엘리베이터에 올라타더니 스스럼없이 로아의 다리에 얼굴을 비볐다.

"누가 기르는 고양인가 봐. 사람을 잘 따르네."

로아는 조심스럽게 고양이를 안아 들었다. 그 참에 도율은 재빨리 단톡방을 확인했다. 여전히 글이 뜨지 않았다. 몇 번이고 신경질적으로 스크롤을 내리던 도율은 결국 휴대폰을 로아에게 돌려줬다.

"안 터지네. 1층 가서 다시 빌려줘."

"알았어. 이젠 진짜 1층 눌러."

도율은 그제야 1층 버튼을 눌렀다.

"1층 눌렀을 때 10층으로 올라가면 쉬프팅 성공인데……."

도율의 말이 채 끝나기도 전에 엘리베이터가 덜컹 멈추고 조명이 금세라도 꺼질 듯 깜빡거렸다. 두 사람은 반사적으로 안전 바를 붙잡았다.

야옹. 로아의 품에 안긴 고양이가 길게 울었다.

학교가 사라졌다

엘리베이터에서 나오자 후텁지근한 바람이 뺨을 스쳤다. 휑하니 무너져 내린 벽 너머로 불어 들어오는 바람을 맞고 서서, 로아는 멍하니 주변을 둘러보았다. 철골이 드러난 천장과 뼈대만 남은 창문, 바닥에는 시멘트 포대와 드럼통이 널브러져 있었다. 엘리베이터를 타기 전과는 달라진 풍경에 로아는 어리둥절했다.

"야옹."

로아의 품에 안겨 있던 고양이가 바닥으로 폴짝 뛰어내리더니 유유히 계단 쪽으로 사라졌다.

"미친……. 진짜 성공했나 봐!"

도율이 붉게 상기된 얼굴로 외쳤다.

"성공했다니?"

"쉬프팅 말이야. 쉬프팅!"

도율은 두 팔을 크게 벌리곤 외쳤다.

"봐. 분명 우리가 있던 건물인데 이렇게나 달라졌잖아. 이게 쉬프팅의 증거가 아니면 뭐겠어? 여긴 또 다른 세계인 거야. 분명해!"

"헛소리하지 마. 그런 일이 진짜 일어날 리 없잖아."

로아는 다급히 엘리베이터 버튼을 눌렀다. 엘리베이터를 타고 1층으로 내려가기만 하면 이 당혹스러운 상황에서 벗어날 수 있을 것만 같았다. 하지만 아무리 버튼을 눌러도 까맣게 전원이 꺼진 엘리베이터는 작동하지 않았다.

"맞아, 휴대폰. 혜인이한테 연락해야 돼."

허둥지둥 휴대폰을 꺼냈지만 인터넷 연결이 되지 않는지 'Not found'가 떴다. 휴대폰을 높이 들고 이리저리 움직여도 소용없었다. 데이터를 켰다 껐다 반복하던 로아의 손이 갑자기 멈췄다. 로아는 휴대폰 상단에 작게 표시된 날짜와 시간을 뚫어져라 바라보았다. 오후 5시. 엘리베이터에 탔을 때보다 무려 2시간이나 앞당겨져 있었다.

"침착해. 침착해야 해."

로아는 혼잣말을 중얼거리며 비상구로 다가가 문을 열었다.

계단 끝이 보이지 않을 만큼 어두웠지만 로아는 망설이지 않고 발을 디뎠다. 한시라도 빨리 친구들이 있는 곳으로 가고 싶었다. 계단을 빠르게 내려가면서 먹통이 된 단톡방을 열었다.

> 얘들아, 너희 괜찮아?

아무것도 뜨지 않는 단톡방에 메시지를 전송해 보았지만 전송 실패 알림이 떴다. 전화를 걸어보아도 "전파가 닿지 않는 곳에 있습니다"라는 안내 문구가 나왔다. 10층에서 1층까지 내려오는 동안 로아는 어떤 전파도 수신하지 못했다. 1층에 도착해 비상구 문을 열고 건물 밖으로 나가자마자 쨍한 햇빛이 로아를 덮쳤다.

"말도 안 돼……."

휴대폰에 표시된 시간이 잘못된 게 아니었다. 주황빛 노을을 흩뿌리며 다가오던 밤은 어디론가 사라졌다. 바깥은 환한 낮이 되어 있었다. 로아는 귀신에 홀린 듯 주변을 둘러보았다. 아무것도 없었다. 북적거리던 사람들, 건물 밖에 걸려 있던 배너들과 색색의 간판들, 노점상까지 모두 사라진 채였다. 인기척 없는 텅 빈 길 위로 쥐인지 무엇인지 모를 생물이 빠르게 뛰어 사라졌다.

"말도 안 돼! 혜인아! 얘들아!"

로아는 친구들을 부르며 무대가 있던 광장으로 달려갔다. 친구들이 그곳에서 자신을 기다리고 있을 것만 같았다. 그러나 로아의 눈앞에 펼쳐진 건 방수포로 덮인 공사 자재뿐이었다.

"야! 혼자 뛰어 내려가면 어떡해?"

로아의 뒤를 따라온 도율이 거친 숨을 몰아쉬었다. 로아는 텅 빈 광장을 가리켰다.

"여기 분명히 무대가 있었는데……."

넋이 나간 듯 중얼거리는 로아의 등 뒤에서 작은 휘파람 소리가 울렸다.

"맞다니까. 여긴 평행세계야."

도율은 또다시 휘파람을 불었다. 신이 나 견딜 수 없다는 듯한 경쾌한 리듬에 로아의 참을성이 뚝 끊어졌다.

"그만 좀 해! 넌 지금 이 상황이 신나? 재미있어?"

뒤돌아선 로아가 도율에게 쏘아붙였다.

"나쁠 게 뭐가 있어?

도율의 천연덕스러운 표정 앞에 로아는 입을 꽉 다물었다. 그러고는 도율을 지나쳐 성큼성큼 디자인플라자 야외 정문으로 향했다.

"야, 어디 가? 나로아!"

도율이 로아를 쫓아오며 물었다.

"학교. 전쟁 난 걸 수도 있잖아. 우리가 느끼지 못한 사이에 지진 같은 게 일어났을 수도 있고. 학교는 피난 장소기도 하니까 분명 반 애들 중 누군가는 거기 있을 거야."

"뭐? 그게 말이 돼? 전쟁에 지진이라니. 이건 쉬프팅 된 거라니까!"

로아는 더 이상 대꾸하지 않고 디자인플라자 밖으로 나갔다. "나로아. 야, 나로아!" 하고 따라붙던 도율의 목소리는 곧 멀어져 들리지 않았다.

언제나 사람들로 북적거리던 길거리가 적막했다. 대부분의 가게가 셔터를 내린 상태였다. 얼마나 오랜 시간 동안 방치된 건지 셔터 위로 두껍게 먼지가 들러붙어 있었다. 도로에는 쓰레기가 나뒹굴었다. 버스 정류장에는 귀퉁이가 너덜너덜한 안내문이 붙어 있었다.

버스 노선 변경. 정거장 운행 중지

'꼭 유령도시 같아.'

휴대폰은 여전히 먹통이었다. 이따금 와이파이 안테나가 몇 개 뜨긴 했지만 어떤 것도 연결되지 않았다. 전쟁. 지진. 온갖 재난이 머릿속에 떠올랐다. 버스 정류장에 서서 잠시간 망설이던 로아는 지하철역 쪽으로 걸음을 옮겼다.

'학교에 가자. 그럼 누구든 만날 수 있을 거야.'

전쟁이든 지진이든 집으로 가고 싶진 않았다. 정말 전쟁이 났다면 아버지 어머니는 이미 자기들끼리 피난길에 올랐을 거란 생각에 쓴웃음이 났다. 개찰구에 교통카드를 대고 들어가려는데 삑, 경고음이 울렸다. 몇 번을 다시 가져다 대도 마찬가지였다.

'뭐지? 분명히 교통카드에 잔액이 남아 있었는데.'

로아는 승차권 자동판매기 앞에 서서 지갑을 꺼냈다. 지갑에는 1000원짜리가 세 장 들어 있었다. 학교 근처 역을 누르려던 로아의 눈이 휘둥그레졌다.

"한 정거장에 5500원?"

가진 돈으로는 한 정거장 요금도 되지 않았다. 주머니를 탈탈 털어보았지만 동전 하나 나오지 않았다. 로아는 다시 개찰구로 가 지갑 안의 카드를 몽땅 꺼낸 다음 하나씩 대보았다. 학생증에 도서관 카드까지, 될 리가 없다는 걸 알면서도 해보지 않고는 견딜 수가 없었다.

"어? 됐다!"

개찰구가 열렸다. 로아는 손에 든 카드를 확인했다. 주말 반으로 다니고 있는 학원의 학원증이었다. 카드 인식 출결 관리 시스템을 도입한 뒤부터 학원증이 없으면 학원 출입이 불가능한지라 지갑 한쪽에 늘 넣어 다녔다.

'이게 교통카드도 되는 거였나?'

플랫폼에는 몇몇 사람이 휴대폰을 들여다보며 서 있었다. 도저히 전쟁이 났다고는 생각할 수 없는, 일상적인 풍경이었다. 이내 도착한 지하철에 올라탄 로아는 출입문 바로 옆에 기대어 섰다. 조용한 열차 안을 둘러보다 이내 시선을 돌려 창밖을 봤다. 별다를 것 없는 플랫폼과 이어지는 터널까지, 익히 봐온 풍경이었다. 뻣뻣하게 굳어 있던 어깨에서 슬며시 힘이 빠졌다.

'그래……. 전쟁 같은 게 그리 쉽게 날 리가 없지.'

그럼 대체 디자인플라자는 왜 그렇게 된 걸까.

'설마 정말로 쉬프팅이 된 건……. 아냐. 아무래도 그건 아니지.'

역에 도착한 로아는 지상으로 나가면 다시 밤이 되어 있진 않을까, 하고 바랐지만 그 기대는 입구를 나오자마자 물거품이 되었다. 로아는 서둘러 학교와 이어진 가로수길을 걸어 올라갔다. 숨쉬기가 힘들었다. 한시라도 빨리 무리 속에 섞여들고 싶었다. 안전한 장소를 원했다.

'학교에 가면……. 학교만 가면 해결될 거야.'

야트막하게 경사진 길 위쪽에 낯익은 뒷모습이 보였다. 혜인이었다.

"혜인아! 너 언제 여기로 왔어?"

로아는 달려가 등 뒤에서 혜인을 껴안았다. 혜인이 언제나처럼 장난스럽게 "무거워, 돼지야!"라고 말해주기를 바랐다. 나 꿈꿨어. 개꿈. 너랑 애들이랑 놀러 갔는데 갑자기 주변이 폭격 맞은 것처럼 변한 꿈. 그렇게 재잘거리면서 같이 학교로 가면 비로소 악몽이 끝나고 평온한 하루가 시작될 터였다.

"뭐야? 어……. 나로아?"

하지만 혜인은 짜증을 내며 로아의 팔을 뿌리쳤다. 로아는 혜인의 어깨에서 손을 풀고 한 발 뒤로 물러섰다. 뒤돌아선 혜인이 뜨악한 표정으로 로아를 마주 보았다.

"혜인아, 나……."

"나로아. 네가 왜 여기에 있어?"

"뭐?"

혜인의 차가운 말투가 로아를 더욱 숨 막히게 했다.

"설마 나 만나러 온 거야? 소름 끼쳐!"

"왜 그래, 혜인아. 우리 단짝이잖아."

"단짝? 내가 말했지. 난 이젠 디마야. 디마가 아닌 너랑은 사는 세계가 다르다고."

"디마? 그게 무슨 소리야?"

로아가 다가가 손을 붙잡았지만 혜인은 거칠게 그 손을 뿌리쳤다.

"이거 놔! 중간 합류라도 엄연히 디마야. 주변에서 아무리 쑥덕거려도 난 절대 그 구질구질한 삶으로 돌아가지 않을 거야, 가! 가드 부르기 전에!"

로아는 얼얼한 손등을 부여잡고 멍하니 혜인을 봤다. 그제야 혜인이 입은 교복이 눈에 들어왔다. 대한민국 고등학교는 전부 같은 천으로 교복을 만드는 게 분명하다고 투덜거렸던 회색 체크무늬 치마가 아닌 검은 A라인 치마였다. 셔츠 가슴께에는 'Demy'라는 글자가 수놓아져 있었다. 로아가 혜인의 옷을 살피는 사이, 혜인은 주춤주춤 뒷걸음질을 치다가 뛰기 시작했다.

"혜인아!"

로아도 뛰었다. 생각지도 않던 술래잡기가 시작되었다. 필사적으로 뛰는 혜인을 쫓아가면서도 로아는 도저히 상황을 이해할 수 없었다. 그래서 더욱 혜인을 놓치기 싫었다. 혜인을 놓치면 이 이상한 현실을 인정해야만 할 것 같아 겁이 났다.

"기다려, 혜인아!"

혜인이 교문 안으로 사라졌다. 로아도 안으로 들어가려 했다. 하지만 교문을 넘자마자 누군가 세게 밀치기라도 한 듯 몸이 퉁겨져 나왔다. 로아는 바닥에 엉덩방아를 찧으며 넘어졌다. 몸을 일으키는 로아의 위로 검은 그림자가 드리워졌다.

"디마가 아닌 사람이 무단 침입하려 한다는 신고가 들어왔습니다."

검은 제복을 입은 남자가 로아를 향해 손을 내밀었다. 팔에

'가드'라고 쓰인 완장을 차고 있었다.

"디마이 카드 제시 부탁합니다."

"디마이…… 카드?"

로아는 주저앉은 채 가드를 올려다보았다. 가드의 옆으로 혜인과 같은 교복을 입은 아이들이 교문에 설치된 기계에 카드를 가져다 대는 것이 보였다. 눈을 가느다랗게 뜨고 보니 교문 안쪽에 투명한 안전문이 한 겹 더 설치되어 있었다. 아이들은 카드 리더기에 카드를 찍고 안으로 들어갔다. 저것 때문에 튕겨 나간 거구나, 하고 로아는 짐작했다.

"학생증 말하는 거예요?"

로아는 지갑에서 학생증을 꺼내 가드에게 내밀었다. 가드는 학생증을 받아 들고 살피더니 코웃음을 쳤다.

"디마이 카드를 흉내 낸 가짜로군. 좀 그럴싸하게 만들든가. 끌어내기 전에 구역에서 나가십시오."

"구역이요? 가짜?"

"크로스 로드는 아이디마이의 사유지로, 인재 양성 특별지구입니다. 특히나 디마이를 중심으로 반경 400미터 내외는 철저한 외부인 출입 금지 구역이고! 모를 리가 없을 텐데."

"크로스 로드……."

로아는 학생증을 돌려받으며 멍하니 중얼거렸다. 가드가 하는 말은 분명 한국어인데도 흡사 외국어인 듯 한마디도 알아들을 수가 없었다.

"자, 일어나. 빨리! 귀찮게 하지 말고."

가드의 말투가 점점 더 난폭해졌다. 가드는 로아의 어깨를 붙잡아 강제로 일으켜 세우고는 등을 떠밀었다. 로아는 두 발에 힘을 주고 밀리지 않으려고 버텼다.

"난 학교에 들어가야 해요."

"학교? 오랜만에 들어보네, 그 단어. 어린 사람이 어떻게 그 단어를 알아?"

난폭하던 가드의 말투가 누그러지며 등을 떠밀던 힘도 조금 약해졌다. 로아는 그 틈을 놓치지 않고 몸부림쳤다.

"놔줘요. 놔! 난 학교에 들어가야만 해요!"

"정신 차려. 여긴 학교가 아냐. 디마이라고!"

가드는 몸부림치는 로아를 다시 밀었다. 로아가 아무리 버티려 해도 성인 남자의 힘을 이길 수는 없었다. 로아는 점점 밀려났다.

"뭐야, 쟤?"

"아까 최혜인이랑 이야기하던데."

"최혜인? 아, 로또 당첨돼서 중간 합류한 애? 완전 겉돌더라. 걔 원래 청국장 공장에서 일했대."

"으, 어쩐지 걔 주변만 가면 구리더라."

"쟤도 디마 아닌 거지? 최혜인 친군가?"

"최혜인이 가드 부른 것 같던데?"

수군거리는 목소리들이 로아의 옆을 스쳐 지나갔다. 로아는 아이들이 교문 안으로 들어가는 것을 홀린 듯 바라보았다. 저 안으로 들어갈 수 없다는 생각은 한 번도 해본 적이 없었다.

학교가 사라졌다. 유일한 안식처였던 학교가.

"말도 안 돼."

이건 꿈이야. 꿈일 거야. 꿈이 아니면……. 쉬프팅. 로아는 그 단어를 더 이상 부정할 수 없었다.

"로아 너, 여기서 뭐 하나?"

등 뒤에서 누군가 로아를 불렀다. 로아는 천천히 뒤돌아봤다. 길 한쪽에 세워진 검은 봉고 차에서 트로트 메들리가 흘러나왔고, 목장갑을 낀 커다란 손이 우악스럽게 로아의 얼굴을 향해 뻗어왔다.

손에서는 퀴퀴한 담배 냄새가 났다.

이곳은, 이 세계는 쉬프팅 된 곳이어야만 한다.

도율은 언덕길을 오르며 주변을 살폈다. 다닥다닥 어깨를 붙이고 늘어선 낡은 집들은 무엇 하나 변한 게 없는 모양새였다. 도율은 매일 아침 이 길을 내려가면서 오늘이야말로 학교가 사라져 버리기를 빌곤 했었다.

그러나 지금, 도율은 다른 소원을 빌고 있다.

'쉬프팅 된 곳이어야 해. 제발. 내가 담임을 다치게 한 일 따위는 일어나지 않은 그런 세상이어야만 한다고.'

로아가 디자인플라자를 떠난 후, 도율은 부모님의 식당이 있던 상가를 찾아갔다. 놀랍게도 식당이 있던 자리는 텅 비어 있었다. 오래 방치된 듯 사방에 거미줄만 가득했다. 도율은 거미줄을 걷고 안으로 들어갔다. 식탁도, 의자도, 벽에 즐비했던 형의 상장도 없었다.

도율은 실실 웃으며 텅 빈 벽을 한참이나 바라보았다. 동시에 빠르게 머리를 굴렸다. 어디로 가야 할 것인가. 나로아를 찾으러 갈까, 하는 선택지는 1순위로 삭제되었다. 이곳이 어떤 세계인지 파악하기 전까지는 혼자이고 싶지 않았다. 하지만 학교라니. 혹시라도 이곳이 쉬프팅 된 세계가 아니라면 자기 발로 사건 현장에 돌아가는 셈이다. 그런 바보 같은 짓을 저지를 순 없었다. 결국 도율은 일단 집에 가보기로 했다. 쉬프팅 된 세계인지 아닌지 확인하는 가장 빠른 방법은 익숙한 주변 인들의 변화를 살피는 것이었다. 그 대상으로 가족 이외의 사람은 떠오르지 않았다.

'걸어서 올 만한 거리라 다행이야. 아직 무슨 일이 일어난 건지 확실하지 않으니 되도록 돈을 아껴야 해.'

도율은 잠시 멈춰 서서 이마의 땀을 닦았다. 언덕길을 오르자니 점점 열이 올랐지만 쨍쨍한 햇빛이 싫지만은 않았다. 밤에서 낮이 되었다. 이것 역시 쉬프팅의 증거였으니까. 도율은 다시 걸음을 옮겼다.

'커뮤니티에 올라오는 글은 다 엉터리라고 비웃던 사람들. 이런 커뮤니티엔 사회부적응자만 글 쓴다고 하던 놈들. 그놈들은 이런 일을 겪으면 무슨 일이 일어난 건지도 몰라서 더 우왕좌왕하겠지.'

하지만 난 다르다. 난 누구보다 이곳에 잘 적응할 자신이 있다. 늘 새로운 세상을 바라왔으니까. 그러니 제발, 제발 이곳이 쉬프팅 된 세계기를. 도율은 끊임없이 소원을 빌며 골목을 꺾어 들어가 집 앞에 섰다. 낡은 철문 안 다세대주택 2층이 도율네 집이었다. 계단과 바로 이어진 현관문 앞에 서서 도율은 크게 숨을 내쉬었다. 현관문 손잡이를 잡고 돌리자 굳게 잠긴 문이 철컹 소리를 내며 흔들렸다. 키패드를 열고 비밀번호를 입력해 봤지만 역시나 문은 열리지 않았다.

"엄마, 나야. 도율이."

결국 초인종을 누르고 조심스럽게 엄마를 부르자 덜컹, 문이 열렸다. 도율은 숨이 멎을 듯 놀랐다. 문이 열리고, 집 안에서 엄마가 나오면 모든 게 끝이다. 언덕을 오르며 빌고 빈 소원이 무참히 짓이겨지기 직전이었다.

"뭐냐, 박도율. 오랜만."

문을 열고 나온 건 엄마가 아니었다. 머리를 벅벅 긁으며 나타난 이는 도율의 중학교 친구인 한석이었다. 중학교 때 그럭저럭 친하게 지내다가 고등학교가 갈리면서 연락이 끊긴 상태였다. 느닷없는 한석의 등장에 도율은 눈만 껌벅거렸다.

"왜 우리 집 와서 너희 엄마를 찾아?"

"너희 집?"

"너희 가족 이사 가고 우리가 여기로 들어왔어. 야, 소식은 들었다. 이사 가고서 디마이 들어갔다며? 우리 엄마가 엄청 부러워했어. 너희 엄마 대단하다고 칭찬하더라. 주식이니 뭐니 헛바람 들었다고 욕한 거 미안하다면서."

"어……. 디마이?"

"그래. 어때? 내추럴 아니면 그 안에서도 좀 따돌리고 그런다던데. 넌 괜찮아? 너 이사 갔을 때가 열네 살이었으니까 중간 합류한 셈이잖아."

"음. 뭐, 잘 지내. 근처 왔다가……. 너 잘 지내나 해서."

도율은 한석의 말을 들으며 재빨리 머리를 굴렸다. 뭔지 몰라도 집이 이사를 긴 긴 확실했다.

'디마이는 뭐지? 뭐든 좋아. 어쨌든 여긴 쉬프팅 된 세계야. 이젠 확실해졌어.'

도율은 씨익 미소를 지었다. 현관에 서 있던 한석이 슬리퍼를 끌고 집 밖으로 나왔다.

"착한 놈. 하여간 어릴 적부터 의리가 있어. 내려가자. 내가 일하는 식당에서 밥 먹고 가. 나 직업훈련 주방장 당첨됐거든, 중화요리로. 지금 호텔 주방하고 역 앞 가게하고 두 군데 교대로 나가."

"주방장? 너 실업고 갔어?"

"실업고? 그게 뭔데?"

"어……. 아니다. 아무것도 아냐. 나 밥은 됐고, 휴대폰 좀 잠깐 빌려주라. 버스에 폰 떨어뜨린 것 같아."

한석은 망설임 없이 주머니에서 휴대폰을 꺼내 도율에게 내밀었다. 도율은 숫자를 하나씩 신중하게 눌렀다.

'이쪽 세계에서도 폰 번호가 같을까? 다르면 어쩌지?'

신호가 가고, 수화기 너머에서 익숙한 목소리가 튀어나왔다.

"누구야?"

"형. 이 번호로 집 주소 좀 보내줘."

다행히도 번호는 같았다. 도율의 휴대폰 번호와 뒷자리 하나만 달라서 외우기 싫은데도 자연스럽게 외운, 형의 번호였다.

"뭐야. 도율이야? 집 주소는 왜? 아무리 머리가 나빠도 그렇지 그것까지 기억 못 해?"

"서류에 집 주소 써야 하는데 도로명 주소가 기억 안 나서 그래. 아, 좀 보내. 빨리!"

"보내주세요, 형님. 이래야지."

도율은 와락 미간을 찌푸렸다. 또 하나 확실해졌다. 형 도준과는 이쪽 세계에서도 그다지 잘 맞지 않다는 것. 도율은 잇새로 짓이기듯 말했다.

"보내주세요, 형님."

웃음소리와 함께 전화가 끊기고 곧 메시지가 전송되었다. 도율은 재빨리 주소를 봤다. 주소 속 아파트는 굳이 외울 필요도 없는 유명한 아파트였다. 연예인들도 자녀 교육을 위해 이사를 온다는 고급 아파트. 도율의 반에도 그 아파트에 사는 애들이 몇 명 있었다. 도율은 그 애들이 싫었다. 그들 앞에 서면 괜히 주눅이 들었다.

'진짜 여기가 우리 집이라고?'

도율은 왔던 길을 되돌아 지하철역으로 내려갔다. 아파트 인근 역까지 가는 승차권을 사고 나니 돈이 한 푼도 남지 않았다. 형이 보내온 주소가 진짜 집이 아니라면 꼼짝없이 노숙을 하게 생겼다. 지하철 안 좌석에 앉은 도율의 무릎이 달달달 쉴 새 없이 떨렸다.

내려야 할 역에 도착하고 열차 출입문이 열리자마자 도율은 용수철처럼 뛰어나갔다. 걸음걸음마다 심장이 밖으로 튀어나올 것처럼 두근거렸다. 아파트 정문을 통과할 땐 어깨가 움츠러들었다. 경비원이 금방이라도 네가 여길 왜 들어오냐, 하고 호통을 칠 것만 같았다. 그러나 경비원은 도율을 보고는 가벼운 목례를 할 뿐이었다. 도율은 주소에 적힌 동을 찾아 12층을 눌렀다.

'혹시 또 다른 내가 문을 열고 나오면 어쩌지?'

쉬프팅으로 가게 되는 세계의 '또 다른 나'는 어떻게 된다고 쓰여 있었지? 커뮤니티에서 읽은 내용을 떠올리려 애쓰는 사이 엘리베이터가 12층에 도착했다. 도율은 가방에서 필통을 꺼내 샤프를 움켜쥐었다.

'만약 또 다른 내가 나오면…… . 없애야지.'

고작 샤프여도 있는 힘을 다해 귀나 목 같은 급소를 찌르면 치명상을 입힐 수 있을 것 같았다. 해본 적은 없지만 할 수 있을 것만 같았다.

'내가 나를 죽이는 거잖아. 살인도 범죄도 아니야.'

도율은 마른침을 삼키며 초인종을 눌렀다. 달칵, 자물쇠 열리는 소리와 함께 문이 열렸다. 도율은 신발장을 지나 현관에 섰다. 현관에는 유명 브랜드의 구두와 운동화가 가지런히 놓여 있었다. 낡고 구깃구깃한 신발이 어지럽게 널려 있던 원래 세계의 현관과는 완전히 달랐다. 천장은 매끈했고 거실 한쪽에는 가죽 소파가 놓여 있었다. 원래 세계의 집에서 나던 퀴퀴한 곰팡이 냄새 대신 향긋한 방향제 향이 나는 집 안 공기를 도율은 깊이 들이마셨다.

"어머, 아들. 일찍 왔네? 오늘 디마이에서 무비 나이트 참석한다고 늦는다더니."

"어, 엄마?"

현관으로 나온 엄마를 보고 도율의 눈이 휘둥그레졌다. 흰 반팔 니트를 입은 엄마의 모습이 낯설었다. 식당 일을 할 때 쉽게 더러워진다면서 흰옷은 절대 입지 않던 엄마였다. 하물며 저렇게 고급스러워 보이는 니트라니. 옷만이 아니라 나긋나긋한 목소리도 낯설었다. 도율에게 엄마는 언제나 소리를 지르는 사람이었다.

"왜 그래? 멍하니 서서. 어디 아파?"

"어? 어……. 나 좀 감기 기운이 있어."

"병원 갈까?"

"아니. 방에서 쉴래."

도율은 걱정스러운 표정의 엄마를 뒤로하고 잰걸음으로 거실을 가로질러 방으로 향했다. 어디가 도율의 방인지는 방문에 달린 문패로 쉽게 알 수 있었다. 문패라니. 도율은 헛웃음을 지으며 문을 열었다. 툭하면 문을 벌컥 열어젖히던 원래 세계의 엄마였다면 당장 떼라고 화를 냈을 것이다.

"진짜 복 받은 놈이네, 이쪽 세계의 나."

방에 들어선 도율은 감탄했다. 방 안을 채운 모든 것이 마음에 들었다. 큰 침대에 넓은 책상. 그 위에 놓인 노트북은 도율이 꿈에서도 가지고 싶어 하던 브랜드였다. 도율은 의지에 앉아 푹신한 등받이에 등을 기댔다. 한석에게서 들은 말과 이 집으로 유추했을 때, 이쪽 세계의 부모님은 주식 같은 것에 투자해서 크게 성공한 듯했다.

'고로 이쪽 세계의 나는 부잣집 아들이라 이거지. 아니야. 이젠 이쪽 세계의 내가 곧 나지. 내가 부잣집 아들인 거야.'

참을 수 없는 웃음이 입가를 비집고 나왔다. 잠시간 의자를 빙글빙글 돌리며 실실 웃던 도율은 벌떡, 등받이에서 몸을 뗐다.

'이럴 때가 아니야. 빨리 이쪽 세계에 대해 알아야 해. 디마이는 대체 뭐지? 분기점. 그래. 평행세계에는 분기점이 있잖아. 사회가 크게 바뀌는 사건, 그걸 찾아야 해.'

도율은 노트북을 켜고 검색을 시작했다.

"있다. IMF 외환위기로 인한 한국 교육의 완전 민영화."

도율은 정리된 페이지를 빠르게 눈으로 훑었다.

[1. 개요]

IMF 외환위기로 인한 한국 교육의 완전 민영화

[2. 상세]

1. 민영화의 시작 — 대한민국, 작은 정부로 전환

대한민국 정부는 IMF의 권고에 따라 작은 정부로의 전환을 결정하였으며, 공공 교육 및 복지 예산을 대폭 삭감하였다. 이에 의무 교육으로 지정되었던 초등 교육이 폐지되었다. 또한 외국 기업의 투자 완전 자율화 계약으로 인해 외국계 사립 교육시설의 국내 진출 자율화가 결정되었다.

2. 민영화의 부작용과 정부의 대처 — 미성년 불법 노동 증가, 직업훈련 시스템 발표

아이들을 학교에 보내지 않고 불법 노동을 시키는 비율이 늘어남에 따라 정부는 법적으로 미성년의 노동을 보호하기 위한 직업훈련 시스템을 발표했다. 협력 기관에 미성년을 보내 미리 직업을 체험할 수 있게 하는 것이다. 급여는 성인의 30퍼센트에 준하게 지급하도록 규정되어 있다. 직업훈련 시스템 이전에는 12세까지 인터넷으로 홈워크를 이수하게 된다.

3. 국내 교육사업 완전 붕괴

사회 양극화로 인해 중산층 이상이 낙후된 국내 교육 시설 이용을 기피, 국내 기업은 교육사업에서 완전 철수를 선언하였다.

4. 아이디마이의 교육 독점 — 대치동 중심 교육특구 건설

글로벌 기업인 아이디마이가 한국의 인재 양성 기관 독점을 선

언하며 '디마이'를 설립하였다. 디마이에 선발되지 않으면 자동으로 직업훈련 대상이 되도록 로비를 진행, 대한민국 상류층 대부분이 디마이 선발에 참여한다. 심사 기준은 우선적으로 집안의 순자산 규모, 다음이 지원자 개인의 역량이다. 스포츠 등에서 뛰어난 역량을 가진 인재를 장학금 제도로 유치하기도 한다.

[3. 그 외]
디마이에 다니는 청소년을 디마이러(약칭 디마)라 부르며, 다니지 않는 청소년은 논디마로 불린다. 디마와 논디마는 '21세기 만들어진 가장 영향력 있는 단어 10위'에 선정되기도 했다. 리서치 기관에 의하면 2000년 이후 출생한 사람의 90퍼센트가 '학교'라는 단어를 아예 모르는 것으로 조사되었다.

────────────────

"이러한 환경의 격차가 사회 양극화를 심화한다는 지적은 꾸준히 제기되고 있으나 효율성 좋은 제도라는 주장 역시 팽팽하게 맞서고 있다. 일부 사회단체에서는 직업훈련 제도에 반발, 공교육 회복을 주장하기도 했다……."

도율은 입술을 혀로 핥았다.

"한마디로 정리하면 디마는 완전 그거네. 신종 귀족."

이쪽 세계에서 교육은 계급이다. 피라미드 위쪽에 선 상류

층만이 누릴 수 있는 합법적인 부의 세습 도구다. 그리고 도율은 디마이러, 즉 디마다. 이 세계의 도율은 주인공이다. 이미 승리자다. 도율은 크게 입을 벌리고 미친 듯이 웃었다. 큰 소리로 웃으면 엄마가 들여다볼까 봐 숨죽여 끅끅거렸다. 웃다가 모니터에 뜬 옛날 기사를 소리 내어 읽었다.

"더 이상 학교는 없다."

학교가 사라졌다. 나를 괴롭히던 학교는 이제 없다. 도율은 웃음을 멈출 수 없었다.

쉬프팅 2Day
천국 같은 디마이

기계가 굉음을 내며 통 안의 만두소를 섞었다. 로아는 컨테이너 앞에 서서 공장 안을 둘러보았다. 반죽기에서 쏟아져 나온 반죽을 뚝뚝 잘라내 성형기에 넣는 것도, 만두소를 옮기는 것도 모두 아이들이다. 근무시간은 오전 9시에서 저녁 6시까지. 중간에 점심시간 40분이 있을 뿐 따로 휴식 시간은 없다. 공장은 깔끔하지만 휴게실은 공장 지하창고 계단 아래 3평 남짓한 방이 전부였다.

'말도 안 돼. 이쪽 세계의 대한민국은······ 내가 아는 것과 너무나 달라.'

세계사 시간에 선생님이 인도네시아 옷 공장 화재 사건을 다룬 다큐멘터리를 보여줬었다. 열 살도 안 돼 보이는 아이들이 공장에서 일하다가 화재로 목숨을 잃은 사건을 다룬 내용이었다. 공장의 창문이 철창살로 막혀 있어서 아이들이 빠져나오지 못했다고 했다. "우리나라도 70년대만 해도 학교 대신 공장에 가서 일하는 아이들이 더 많았어." 화면 속 아이들은 가여웠지만 선생님의 말이 크게 와닿지는 않았다. 학교에도 가지 못하고 일을 하는 일상은 그저 지구 반대편 누군가의 것일 뿐이었다.

설마 그것이 자신의 일이 될 줄은 몰랐다.

"언니, 손! 손 멈췄어요. 만두!"

로아의 옆에 서서 만두를 성형하던 유영이 다급하게 외쳤지만 늦었다. 컨베이어벨트에 줄줄이 실려 나오던 만두는 빠르게 로아의 앞을 지나갔다. 반죽에 만두소가 들어가는 것까지는 자동이지만 만두의 위를 여미고 검수 후 봉지에 담는 것까지는 모두 수작업이었다. 컨베이어벨트 앞에 늘어선 아이들은 기계처럼 척척 작업을 해냈다. 그러나 로아는 도저히 작업에, 이 낯선 세계에 익숙해질 수 없을 것만 같았다.

"야! 이거 불량 누가 냈어!"

고함 소리가 로아의 고막을 후려갈겼다. 컨베이어벨트 위를 살피던 남자, 로아의 아버지가 인상을 쓰며 로아에게로 다가왔다. 퍽. 커다란 손바닥이 로아의 뒤통수를 내리쳤다.

"하여간 이건 자식이라고 하나 있으면서 제대로 하는 게 없어. 우리 집 망한 것도 다 이거 때문이야. 운이라고는 없는 것이 태어나서는. 불량 하나만 더 내봐. 월급에서 깔 거니까."

펵. 펵. 연이은 통증이 로아의 뒤통수를 강타했다. 금방이라도 몸이 앞으로 쏠려 넘어질 듯해서 배에 꽉 힘을 줬다. 원래 세계에서도 익히 듣던 폭언이다. 아버지는 일이 안 풀리면 늘 로아 탓을 했다.

'왜 나쁜 것만 똑같은 건데?'

그렇지만 폭언에도 폭력에도 익숙해질 수는 없다. 하물며 이쪽 세계에 온 둘째 날이다. 이쪽 세계의 아버지 어머니가 원래 세계의 아버지 어머니와 별반 다를 바 없음을 확인하자 또다른 절망이 밀려들어 왔다.

어제 학교 앞에서 만두를 납품하러 온 아버지를 만난 후, 로아는 쉬프팅 된 세계에 왔다는 사실을 인정할 수밖에 없었다. 집부터가 달랐다. 원래 세계에서 로아네 집은 평범한 아파트였다. 하지만 이쪽 세계의 아버지가 로아를 데려간 곳은 공장 옆 컨테이너 박스처럼 생긴 조립식 가건물이었다. 로아의 방은 창고를 개조한 다락방이었는데, 책상도 없이 매트리스와 서랍장만 덜렁 놓여 있었다. 아버지의 손에 떠밀려 방에 들어온 로아는 매트리스에 걸터앉아 그 안을 둘러보았다.

한참을 앉아 있다가 베개 옆에 놓인 공책을 발견했다. 일기장이었다. 로아는 이쪽 세계의 나로아가 쓴 일기장을 팔락팔락 넘겨 보았다. 생각이 날 때마다 쓴 듯 날짜가 띄엄띄엄 적혀 있었다. 첫 일기는 나로아가 열세 살 때 쓴 것이었다. 일기의 첫 문장은 "디마이에 가지 못한다."였다.

디마이에 가지 못한다. 아빠에게 제발 신청서를 내달라고 했지만 아빠는 안 된다고 했다. 우리 집은 가난해서 신청서를 내봤자 선발되지 않을 거란다. 나는 홈워크 우수자로 선발되어서 가산점이 있다고 말해도 소용없었다.

아빠는 내게 무조건 직업훈련을 받아야 한다고 했다. 1지망은 부모님의 만두 공장을 써내란다. 만두 공장은 늘 일손이 부족하다. 대기업의 하청의 하청을 받는 소규모 공장에 직업훈련 지망자가 있을 리 없다. 그렇다고 성인을 직원으로 채용하면 인건비가 너무 많이 나간다며 아빠는 늘 투덜거린다. 그래서 어린애들을 고용해서 일을 시키고 있다. 당연히 불법이다! 나도 이미 하루에 네 시간씩 공장에서 일하고 있다.

우리 집이 좀 더 부유했으면 달랐을까? 아빠는 툭하면 IMF 이전 이야기를 한다. 나는 태어나기도 전의 일이다. 그때 아빠 엄마는 둘 다 대기업에서 근무했고, 집도 이런 컨테이너가 아니라 방 세 개가 있는 아파트였단다. 하지만 외환위기가 터지면서 회사는 망하고, 설상가상 사기까지 당해 퇴직금을 포함한 거의 전 재산을 날렸다나? 만두 공장이라도 인수받을 수 있었던 건 대기업을 다닐 때의 인맥 덕분이었던 듯하다. 아빠의 표현을 빌리자면 그때부터 '망한 인생'이 시작된 것이다.

공장 막내인 유영이는 내가 부럽다고 했다. 부모님이 공장을 가지고 있으니 부자인 거 아니냐고. 유영이네 부모님은 일용직을 나가는데, 일이 없는 날이 더 많다고 했다.

우리 집이 부유했어도 다르지 않았을 거다. 우리 집은 부자는 아니지만 유영이네만큼 가난하지도 않다. 아빠 엄마는 그저 나를 미워하는 거다. 나를 위해 무엇도 하고 싶지 않을 만큼. 두 사람 모두 걸핏하면 이런 말을 한다. 내가 태어나서 자신들의 운이 사라졌다고. 웃기지도 않는 말이다. IMF가 터졌을 때도, 두 사람이 사기를 당했을 때도 나는 이 세상에 없었는데!

로아는 일기장을 덮고 매트리스에 쓰러지듯 드러누웠다. 일기장에 적힌 글씨가 로아의 몸 안에 스며들었다. 이 세계를 부정하면 글씨 사이사이에 맺힌 또 다른 나로아의 감정까지 부정하는 것이 될 듯해 더 이상 그럴 수가 없었다.

로아는 두 눈을 질끈 감았다가 떴다. 그리고 몸을 일으켜 방 곳곳을 뒤졌다. 어디에도 나로아의 휴대폰은 없었다. 방에 떠밀려 들어올 때 보니 거실에 컴퓨터가 있던데……. 로아는 살금살금 방을 나갔다.

안방 문 너머에서 낮게 코 고는 소리가 새어 나오는 것을 빼면 거실은 온통 적막뿐이었다. 로아는 컴퓨터 본체를 윗옷으로 덮고 전원 버튼을 눌렀다. 조금이라도 소리가 나지 않게 조심해야 했다. 혹시라도 아버지나 어머니가 잠에서 깨 거실로 나오면 컴퓨터를 쓰지도 못하고 혼만 날 게 뻔했다.

컴퓨터가 켜지고 로아는 엉거주춤 선 자세로 인터넷 검색을 시작했다. 가장 먼저 입력한 단어는 '디마이'였다. 검색 내용을 읽어 내려가는 로아의 눈이 점점 경악으로 물들었다. 찾아보면 볼수록 절망이었다.

학교가 사라진 세계. 그것은 도망칠 곳조차 없음을 뜻했다.

"언니, 오늘 왜 그렇게 실수를 많이 해? 언니답지 않게."

점심시간, 공장 밖 벤치에 멍하니 앉아 있던 로아에게 유영이 도시락을 내밀었다. 로아는 머뭇거리다가 도시락을 받았다. 일기장에도 유영의 이름이 간간이 등장했던 걸 보면 이쪽 세계의 나로아는 유영과 꽤 친했던 듯했다. 하지만 로아에게 유영은 처음 만난 낯선 상대일 뿐이었다.

"어젠 어땠어?"

유영이 로아의 옆에 앉아 도시락을 열었다.

"어제?"

"보호자 동의 없이도 직업훈련소를 다른 곳으로 옮길 수 있는지 알아보러 간다고 했잖아. 어땠어?"

"내가…… 그랬어?"

"언니, 정말 왜 그래? 외출할 날짜 빼려고 야근까지 하면서 쉬는 날 얻었잖아."

"맞아. 그랬지……."

로아는 도시락에 붙은 나무젓가락을 떼어내며 말끝을 흐렸다. 이쪽 세계의 나로아가 뭘 했는지 알면 원래 세계로 돌아갈 힌트를 찾을 수 있지 않을까 싶었다.

"역시 안 된대? 그럼 그 단체에 찾아가서 도와달라고 해보는 건 어때?"

"단체?"

"공동체 교육인가, 그거 한다는 단체. 거기 찾아가서 '나도 교육 받고 싶은데 집이 너무 멀다, 그러니 단체 근처로 직업훈련소를 옮길 수 있게 도와달라'고 부탁하는 거야. 시청에서도 어른이 함께 오면 말을 좀 들어주지 않을까? 역시 보호자가 아니면 안 되려나?"

공동체 교육. 로아의 귀가 번쩍 뜨였다.

'이쪽 세계의 나로아는 어떻게든 학교에 가려고 했던 거야. 자기 힘으로 집을 나가서 학교에 가려고 발버둥치고 있었어!'

젓가락을 쥔 로아의 손에 힘이 들어갔다. 수많은 평행세계의 수많은 나로아는 모두 부모에게 미움받는 존재인 걸까. 그런 생각에 마음을 뒤덮었던 짙은 회색 안개가 걷히는 것만 같았다. 미움받는 아이. 하지만 어떻게든 자신이 좋아하는 곳에 가기 위해 노력하는 아이. 수많은 나로아들이 물고기 떼처럼, 어딘가에서 다 같이 있는 힘껏 헤엄치는 모습이 떠올랐다.

'나도 가만히 있어서는 안 돼.'

로아는 도시락 뚜껑을 열었다.

'일단 박도율을 만나자. 걔가 쉬프팅 하는 방법을 알고 있었으니까 돌아가는 방법도 알고 있을지 몰라.'

문제는 도율과 연락할 방법이 없단 것이었다. 휴대폰은 여전히 작동하지 않았고, 도율의 집이 어딘지도 몰랐다.

'그나마 박도율과 마주칠 가능성이 있는 곳…….'

학교다. 도율이 이쪽 세계에서 디마라면 마주칠 확률은 높아진다. 논디마라도 원래 세계와 연관이 있는 몇 안 되는 장소이니 한 번쯤은 찾아올 것 같았다. 혜인의 일그러진 얼굴과, 등을 밀어내던 가드의 억센 손길이 떠올랐다. 로아는 차가운 밥알을 꼭꼭 씹어 삼켰다.

디마이는 학교가 아니다. 학교가 지옥이었다면 디마이는

천국이다.

"박도율. 어제 무비 나이트 왜 안 왔어? 완전 핫했는데."

"영어 매니저 완전 엿 먹었잖아."

도율은 옆에 선 친구들의 말에 그저 웃으며 그냥, 이라고 얼버무렸다. 하루 동안 이쪽 세계 박도율의 친구 관계까지 파악하는 건 무리였다. 그나마 다행이었던 건 노트북에 이쪽 세계 박도율의 휴대폰 메모리가 모두 백업되어 있다는 사실이었다. 백업파일을 보자마자 바로 집 밖으로 달려나가 휴대폰을 샀다. 그러고는 백업파일을 몽땅 옮겨 메시지와 통화 목록, 갤러리 속 사진을 샅샅이 살폈다. SNS에 올린 글들도 모두 봤다. 이쪽 세계 박도율이 남긴 기록은 많지는 않았다. 덕분에 살펴보기는 쉬웠지만, 그만큼 박도율이 어떤 사람인지 파악하기는 어려웠다.

'조심해야지, 당분간.'

평행세계로 간 주인공이 조심성 없이 굴다가 주변의 의심을 사는 건 영화에서든 만화에서든 꽤 익숙한 클리셰다. 물론 그들은 보통 평행세계 이전의 세계로 돌아가려다가 낭패를 겪는 경우니 자신에겐 해당 사항이 없지만 조심해서 나쁠 것 없다고 도율은 생각했다.

'원래 세계로 뭐 하러 돌아가? 여기가 천국인데.'

도율은 미소 띤 얼굴로 카페테리아의 메뉴판을 살펴보았

다. 친구들이 메뉴를 고른 후 디마이 카드를 기계에 대는 것을 곁눈질로 살펴보고는 그대로 따라 했다.

'여기선 이 카드 하나로 모든 게 다 해결되는구나.'

도율은 손에 든 디마이 카드를 어루만졌다. 아침에는 학교에 오고도 교문을 통과할 수 없어 몹시 당황했었다. 다행히 가드가 도율의 얼굴을 알고 있었다. 가드는 도율에게 "디마이 카드는?" 하고 물었다. 엉겁결에 분실했다고 답하자 혀를 차며 임시 통행증을 발급해 줬다. 들어가자마자 사무실에 가서 디마이 카드 꼭 재발급받으라는 충고도 덧붙였다. 도율은 그렇게 했다. 게임에서도 가드란 모름지기 정보 전달형 NPC인 법이다. 디마이 카드를 손에 넣고 나니 천국의 주민증을 얻은 듯 마음이 편해졌다.

도율은 디마이에서 지낸 지 반나절도 되지 않아 이곳과 사랑에 빠졌다. 교문을 통과하기 전까지만 해도 명칭만 다르지 이전 세계의 학교와 뭐가 다르겠나 싶어 발걸음이 무거웠다. 이왕 평행세계에 오게 된 거 학교 따위 없는 곳이었다면 더 좋았겠다고 투덜거렸으나, 디마이는 학교가 아니었다.

우선 호칭부터가 달랐다. 아이들은 선생님을 '매니저'라 부르며 존댓말도 쓰지 않았다. 매니저는 디마의 성취를 도와주는 고용인이니 고용주인 디마가 더 우위에 있다는 것이었다. 정해진 시간표도 없었고 담임도 반도 없었다. 수업은 모두 일대일 코칭으로 진행되었는데, 대회나 프로젝트에 도전하는 아이들만 신청한다고 했다. 정해진 등하교 시간도 없을 뿐 아니라 처벌이나 단체생활 강요도 없는 곳. 도율은 그저 디마이 안의 시설을 만끽하기만 하면 됐다. 방금 전까지 컴퓨터실에 틀어박혀 게임을 하고 나온 터였다.

"영어 매니저, 이전부터 건방지다고 생각했어. 자기가 뭐라고 우리한테 프로젝트 좀 해라, 대회 준비해라, 잔소리나 해대고 말야."

"인생 낭비하지 마라 어쩌고 하는 거 진짜 웃기잖아. 디마이 졸업장이 곧 엘리트 코스인데 웬 낭비? 이래서 늙은이를 매니저로 채용하면 안 된다니깐."

"맞아. 쉰 살 넘은 매니저들이 특히 헛소리 많이 하잖아. 자기 10대 때에는 안 그랬다, 이런 건 교육이 아니다, 어쩌고저쩌고. 아무튼 웃겨. 그 인간들, 매니저 시험 제대로 치른 것도 아니면서."

"엥? 진짜?"

"인터넷에서 봤어. 아이디마이의 독과점을 인정하는 조건 중 하나가 기존 공교육 종사자들의 고용 유지였대. 아이디마이에서 오케이 한 뒤에 명예퇴직 신청 받아서 퇴직금 엄청 주고 내보냈다더라."

아이들은 카페테리아 한 곳에 자리 잡고 앉았다. 도율도 햄버거 세트를 앞에 놓고 함께 앉아 아이들의 대화에 귀를 기울였다. 인터넷에서 얻는 정보만으로는 이쪽 세계를 파악하는 데 한계가 있었다. 이런 생생한 대화들이야말로 귀중한 정보원이었다.

"나 같으면 그때 돈 받고 그만뒀다. 논디마들은 왜 그런 일에 항의를 안 했대? 매니저만큼 논디마가 탐내는 일자리도 없잖아. 그거야말로 차별 아닌가."

"내 말이. 어쨌든 이번에 벌점 받으면 더 버티기 힘들걸? 이전부터 애들이 평가 점수를 낮게 줬으니까. 디마이 내 음주 시 관리 소홀이면 벌점을 얼마나 받더라?"

아이들의 말인즉 몇몇 애들이 영어 매니저를 쫓아내려고 어제저녁에 열린 행사에서 음주 파티를 벌이고는 그 장면을 라이브 방송으로 내보냈단 거였다. 도율은 햄버거를 베어 물면서 '어지간히 그 매니저가 싫었나 보네.' 하고 생각했다.

'그렇잖아. 술 마신 애들도 처벌을 받을 텐데.'

하지만 이어지는 말에 햄버거를 씹던 도율의 입이 딱 멈췄다.

"이걸로 안 되면 편의점 털려고 했다던데. 절도까지는 매니저가 전적으로 책임지게 되어 있으니깐."

모여 앉은 아이들은 음흉한 미소를 주고받았다. 도율은 햄버거를 우물거리며 치솟는 궁금증까지 씹어 삼키려 했다. 그러나 너무나 궁금해서 도저히 참을 수가 없었다.

"폭행……은 안 되던가?"

도율은 슬쩍, 미끼를 던졌다. 아이들은 그 미끼를 덥석 물었다.

"되지. 절도까지는 100퍼센트 매니저 책임이고, 폭행부터는 어쩌고저쩌고 쓰여 있었잖아."

"전치 2주 이상이면 디마도 벌점 좀 받을걸? 폭행부터는 변수가 좀 많으니까 웬만하면 절도로 끝내는 게 좋지."

도율의 의혹은 확신이 되었다. 디마가 일정 수준 이하의 범죄를 저지르면 범죄를 저지른 본인을 대신해 매니저가 책임진다. 아이들의 말을 종합해 보면 분기별로 책임 매니저가 있어서 법적 처벌까지 책임지는 듯했다.

"우린 미성년이잖아. 미성년자를 제대로 관리하라고 매니저가 돈을 받는 거고. 자본주의사회에서 돈 받았으면 돈값을 해야지."

상담을 하면서 그런 건 학교폭력이 아니라고 말하던 담임의 얼굴이 선명하게 떠올랐다. 도율은 그 기억을 씻어 없애려는 듯 햄버거를 와구와구 씹었다. 꿀꺽. 목 아래로 내려가는 밀크셰이크가 유독 달달하게 느껴졌다.

'이제 학교는 없어. 나를 상처 입히는 건 아무것도 없다고.'

무슨 일이 있어도 이 세계를 완벽한 내 것으로 만들 거다.

밀크셰이크 컵이 도율의 손안에서 와작 구겨졌다.

오래된 동대문운동장을 철거하고 디자인플라자를 건설한다는 국내 기업들의 야심찬 계획은 IMF 이후 무산되었다. 외국 기업이 사업을 인수할 것이란 기대가 있었으나 유치 특구가 남산 서울타워를 경계로 마무리되면서 결국 건설 중이던 건물은 폐허로 남았고, 지역은 급격하게 슬럼화되었다. 이 같은 지역이 늘어감에 따라 서울 내에서도 지역별 격차가 심해졌다. 서울시는 (구)디자인플라자 일대를 유원지로 만들겠다는 계획을 발표했으나 몇몇 문제로 계획 실행은 계속 지연되고 있다. 그 문제 중에는 디자인플라자 내에서 지내고 있는 일탈 청소년들의 생존권 보장을 이유로 항의를 계속하는 사회단체가 포함되어 있다.

다르다. 로아는 책을 보며 자신이 다른 세계로 왔음을 다시금 실감했다. 이전에 반 애들 몇몇이 디자인플라자에서 열리는 팬 미팅에 가자는 내용의 쪽지를 수업 시간에 주고받다가 선생님에게 걸린 적이 있었다. 선생님은 "나 때는 말이야."라며 자신이 학생이었을 땐 디자인플라자가 있던 자리에 동대문

운동장이 있었다고, 2007년에 그 운동장이 철거되었을 때 얼마나 슬펐는지 모른다고 한참이나 추억담을 늘어놓았다.

'원래 세계에서는 디자인플라자가 IMF 이후에 세워졌어. 하지만 이쪽 세계에서는 IMF 이전에 건설이 시작되었다가 중단되었구나. 그래서 시멘트며 공사 자재가 굴러다니고 있던 거였어.'

따가운 시선이 느껴졌다. 로아는 계속 책을 읽는 척, 곁눈질로 주변을 살폈다. 경비원 제복을 입은 남자가 로아를 노려보고 있었다.

'상황이 바뀌면 이런 것도 바뀌는구나. 도서관이 없어진 것처럼……. 아, 집중 안 돼. 왜 자꾸 날 보지? 벤치 쓴다고 눈치 주는 건가? 이 벤치, 카페 거 같긴 한데 바깥에 앉아 있는 것도 안 되나?'

로아가 앉아 있는 벤치는 가로수길 초입에 위치한 커다란 카페 앞에 있었다. 통유리창 너머로 카페 안에 앉아 있는 사람들의 모습이 보였다. 책을 든 로아의 손에 힘이 들어갔다. 마음 같아서는 당장 카페로 들어가서 음료를 주문하고, 시원한 에어컨 바람이 나오는 자리에 앉고 싶었다. 5월이지만 한낮의 햇볕은 무척이나 따가웠다. 게다가 도율이 여기 나타날지도 미지수였다.

도율을 만나야 한다. 그렇게 마음먹은 다음, 오후 작업을 빼먹고 학교, 아니 디마이 앞으로 온 터였다. 그렇지만 디마이 정문까지에 갔다가는 또 가드에게 쫓겨날 것 같아 일단은 카페 앞에서 죽치고 기다려보기로 했다. 근처 아파트나 버스 정류장, 디마이를 가려면 일단 이 카페 앞을 지나쳐야 했기 때문이었다.

'돈을 아껴야 해. 앞으로 무슨 일이 있을지 모르니까.'

이쪽 세계 나로아의 방을 뒤져 10만 원을 찾아냈다. 필사적으로 숨긴 듯 옷 안쪽에 꿰매어진 비밀 주머니 안에 들어 있었다. 비상금이 필요했기에 꺼내오긴 했지만 그 돈을 함부로 쓰고 싶진 않았다. 그나마 다행인 건 대중교통은 학원증으로 이용 가능하단 점이었다.

'설마 다른 세계에 뚝 떨어졌는데 쓸 수 있는 유일한 카드가 학원증일 줄이야.'

로아는 책장을 넘겼다. 『외환위기 이후 한국 사회의 변화』라는 제목의 책은 헌책방에서 5000원을 주고 샀다. 원래는 학교 근처에 있는 도서관에서 정보를 얻을 만한 책을 빌리려 했다. 하지만 도서관이 있던 자리에는 커다란 게임 센터가 자리 삽고 있었다.

학교가 없는 세계에 도서관이라고 있을 리가 없다.

로아는 게임 센터 앞을 한참이나 서성거린 후에야 그 사실을 깨달았다. 주변을 돌고 돌다 겨우 발견한 중고 서점에서 책을 샀다. 책을 읽어 내려가는 동안 인터넷에서 봤던 정보의 파편이 차곡차곡 맞추어져 갔다. 동시에 절망도 깊어졌다. 어떻게 봐도 이쪽 세계에는 로아가 도망칠 곳이 없었다.

'돌아가야 해. 어떻게든.'

로아는 다시 한번 결심을 굳히고, 꿋꿋이 가드의 시선을 무시했다. 로아와 가드 사이의 긴장감이 조금씩 팽팽해지고 있던 때였다. 왁자지껄한 말소리가 들려왔다. 한 무리의 아이들이 어울려 로아가 있는 쪽으로 걸어왔다. 그들 사이에서 도율을 본 로아는 서둘러 책을 챙겨 자리에서 일어났다.

"박도율!"

로아가 다가가자 아이들과 떠들며 웃던 도율의 얼굴이 일순간 어두워졌다.

"뭐야? 도율이 너 아는 애야?"

"옷차림이 딱 봐도 디마가 아닌데? 너 아직도 논디마랑 어울려?"

도율의 옆에 선 아이들이 한마디씩 하며 로아를 머리끝에서 발끝까지 훑어봤다. 꼭 물건을 감정하는 듯한 시선이었다. 로아는 발바닥에 힘을 꽉 주고 서서 그 시선을 받아냈다.

"박도율, 너 알지? 원래 세계로 돌아가는 방법."

도율은 아이들과 로아를 번갈아 살폈다. 날아오는 축구공을 막아주었던 로아의 모습이 눈동자 안에서 데굴데굴 굴러

다녔다. 싫은 것만 가득했던 학교생활에서 유일하게 좋아했던 것이 로아였다. 로아가 없었다면 진즉에 등교 거부를 했을지도 모른다. 그런 로아가 절실한 눈빛으로 자신을 바라보는 모습에 도율의 마음이 흔들렸다.

알고 있다. 원래 세계로 돌아가는 방법.

하지만 지금 그런 말을 했다가는 친구들이 이상하게 여길 것이다. 논디마와 알고 지낸다는 것만으로도 이미 점수가 깎였을지도 모른다. 이쪽 세계에서도 친구들에게 무시당하게 되는 일만은 피하고 싶었다.

"몰라."

"뭐?"

"무슨 말인지 모르겠다고. 가자, 얘들아."

도율은 마주 선 로아의 옆으로 걸음을 틀었다. 로아는 다급히 두 팔을 벌리고 다시 도율의 앞을 막아섰다.

"박도율. 왜 모른 척해?"

"아, 난 너 모른다고! 너 누군데?"

도율이 목소리를 높이며 로아의 어깨를 밀쳤다. 로아는 밀려나지 않았다. 꼿꼿이 서서 도율을 계속 노려보았다. 도율의 표정이 점점 일그러졌다.

"뭐야. 이상한 애네."

"꼭 한 명씩 있다니까. 디마한테 시비 걸러 오는 논디마.

지들이 무슨 사회운동이라도 하는 것 같은 착각에 사로잡혀서
는. 야, 비켜."

도율의 옆에 서 있던 아이들이 너도나도 로아를 밀쳤다. 도
율은 아이들 틈에 숨듯이 섞여 로아의 옆을 지나갔다. 로아는
다시 도율의 손목을 낚아채 잡았다.

"박도율. 너 진짜 나 몰라?"

도율은 짧게 숨을 몰아쉬고 로아의 손을 뿌리쳤다.

"몰라."

로아는 멀어져 가는 도율의 뒷모습을 우두커니 서서 지켜
보았다.

'박도율이 아닌 거야? 혹시 이쪽 세계의 박도율인가? 그럼
나와 함께 온 박도율은 지금 어디에 있는 거지?'

원래 세계에서 함께 온 박도율이라면 자신을 모른 척할 이
유가 없다 싶었다. 로아는 당연히 도율도 원래 세계로 돌아가
고 싶어 할 거라 믿었다. 그곳에 모든 게 있으니까. 그렇기에
혼란스러웠다. 평행세계에 동일 인물이 같이 있을 수도 있는
걸까. 그렇다면 어딘가에 이쪽 세계의 나로아도 있는 걸까. 아
무리 책을 읽어도 모르는 것이 너무 많았다.

툭, 누군가 로아의 어깨를 쳤다.

"너, 율이랑 무슨 사이야?"

로아는 옆을 바라보았다. 모자를 푹 눌러쓴 남자가 서 있

었다.

"율이?"

"박도율. 아까부터 지켜보고 있었어. 아는 사이야?"

모자 아래로 보이는 남자의 얼굴은 앳돼 보였다. 아무리 많게 봐도 로아 또래인 듯했다. 어쩌면 도율의 친구일 수도 있다. 그러니까, 이쪽 세계의 박도율. 로아는 잠시 고민했다.

"몰라. 아까 그 박도율이 네가 아는 율일 수도 있고, 내가 아는 박도율일 수도 있어."

"그게 무슨……."

남자가 로아에게 무언가 말을 건네려 할 때였다. 계속해서 로아를 노려보던 가드가 험악한 기세로 남자를 향해 다가왔다.

"내 이름, 김태이야."

남자가 로아의 귓가에 속삭였다.

"디자인플라자 A동으로 와. 물어볼 게 있어."

"내가 왜?"

"거기에 새로운 세계가 있어."

태이는 그렇게 말하고는 몸을 돌려 버스 정류장으로 뛰어갔다.

"거기, 너! 크로스 로드 출입 금지 명단에 오른 놈 맞지!"

가드가 태이의 뒤를 쫓아가는 것을 보며, 로아는 태이의 말을 곱씹었다.

새로운 세계.

'설마…… 쟤도?'

쉬프팅으로 세계가 바뀐 아이들이 또 있는 걸까. 로아는 빈
손을 살며시 움켜쥐었다.

어서오세요, 새로운 세계에

플레이 그라운드.

붉은색 스프레이로 낙서 같은 글자가 적힌 문 앞에서 로아는 한참이나 망설였다. 문 너머에 과연 무엇이 있을까. 처음 만난 아이의 말만 듣고 여기까지 찾아온 게 잘한 일일까.

'원래 세계로 돌아갈 힌트를 얻을 수만 있다면 뭐든 할 수 있어.'

로아는 마음을 굳게 먹고 출입문 손잡이를 당겼다. 문은 저항 없이 부드럽게 열렸다. 오래 사용되지 않은 문에서 느껴질 법한 삐걱거림은 없었다. 건물 안은 텅 비어 있었지만 처음 이쪽 세계에 왔을 때 봤던 건물들처럼 공사장 같은 모습은 아니었다. 벽도 천장도 멀쩡했다. 쓰레기가 나뒹굴지도 않았다. 건물 안을 살피던 로아의 시선이 멈춘 곳은 로비 가운데 설치된 엘리베이터였다. 원통 모양의 반투명 엘리베이터 주변에는 펜스가 쳐져 있었다. 로아는 엘리베이터 앞에 다가가 펜스 안쪽을 기웃기웃 살폈다.

"그거 작동 안 돼. 고장 났어."

고요한 건물 안에 메아리처럼 목소리가 울려 퍼졌다.

"잘 왔어."

태이가 로아의 앞에 서서 손을 내밀었다.

'오늘은 별로 수상해 보이지 않네.'

카디건을 허리에 묶은 차림새의 태이는 그저 평범한 소년처럼 보였다. 하지만 로아는 태이가 내민 손을 잡지 않았고, 태이도 아무렇지 않게 손을 거둬들였다.

"난 나로아. 어제 나한테 한 말, 무슨 뜻이야?"

"잠깐. 내가 먼저 물어볼게. 넌 율이하고 어떤 사이인데?"

"박도율 말하는 거지? 그러는 넌?"

"너 먼저 말해. 나 율이랑 알고 지낸 지 6년째인데, 넌 한 번도 본 적이 없어. 너에 대해 들은 적도 없고."

로아는 멈칫했다. 자신이 이쪽 세계의 박도율, 그러니까 태이가 '율'이라는 애칭으로 부르는 아이와 모르는 사이라는 걸 들키면 아무 정보도 얻을 수 없을까 봐 걱정됐다.

"네가 먼저 말해. 어제 했던 말이 무슨 뜻인지부터. 난 여기까지 왔잖아. 손님한테 먼저 자기소개 하라는 건 예의가 아니지."

로아가 짐짓 태연한 척 태이를 응시하자 태이는 뺨을 긁적거렸다.

"오케이. 내가 졌어. 난 율이하고 디마이에서 만났어. 나도 원래 디마였거든. 특기생."

"특기생? 어느 분야?"

"전자화학. 국제 올림피아드 금메달 땄어."

"지금은?"

"그만뒀어. 디마이도 내 발로 나왔고. 나랑 율이는…… 친구 겸 동지야. 율이도 디마이 시스템에 저항해야 한다는 쪽이거든. 곧 디데이인데 율이의 역할이 아주 중요해. 그런데 갑자기 연락이 안 되잖아. 메시지에도 답이 없고 전화도 안 받고. 그래서 크로스 로드에 갔다가 너와 율이가 다투는 걸 봤어."

"그때 박도율한테 아는 척하지 그랬어."

태이가 미간을 찌푸렸다.

"좀 이상해서 지켜보고 있었어."

"이상해?"

로아가 재차 묻자 태이는 잠시 동안 뜸을 들이며 턱을 어루만졌다.

"내가 아는 율이가 아닌 것 같았어. 말투나 행동이나 모든 게 다. 너를 밀쳤잖아. 율이는 폭력이라면 학을 떼거든. 걔 형이 폭력적이라서 어릴 때 엄청 맞았대. 친구들끼리 장난으로 서로 툭툭 치는 것도 싫어할 정도야. 그런데 널 밀치다니, 이상하더라고."

"율이는 그런 애구나."

박도율은 어떨까. 로아는 새삼 자신이 도율에 대해 아무것도 모른다는 것을 깨달았다. 같은 반이었지만 대화를 나누어 본 건 한두 번이 전부였다.

로아네 반은 총 25명이었다. 5행 5열. 일인용 책걸상이 만들어낸 정사각형은 아담하다. 정사각형 안에 모여 앉은 25명의 아이들이 두루 친할 것이라는 환상을 심어주기에 딱 좋은 크기다. 하지만 그 정사각형은 하나의 덩어리가 아니다. 당연하다. 그걸 이루고 있는 건 모두 다른 성격과 생각을 지닌 개인이다. 자신과 좀 더 잘 어울리는 색과 모양을 가진 도형을 찾아 어울리게 된다. 도형들 사이에는 미세한 균열이 있고, 그 균열이 깊을수록 교류는 적어진다. 균열을 넘어서 자기와 다른 낯선 도형이 모여 있는 곳으로 데굴데굴 굴러가는 건 너무 힘든 일이다.

"그럼 네가 박도율이라고 부르는 사람은 어떤데?"

"그건……."

로아는 대답을 망설였다. 도율이 어떤 아이였는지 적당히 꾸며내서 말할 수도 있었다. 하지만 어째서인지 그러고 싶지 않았다.

"새로운 세계가 뭔지 알려주면 말할게."

"와, 협상하는 솜씨가 장난이 아니네."

태이는 피식 웃고는 한 발 뒤로 물러섰다. 그러고는 연극 배우가 무대 위에서 인사를 하듯 과장되게 한 팔을 벌리며 허리를 숙였다.

"어서 오세요, 새로운 세계에."

"뭐?"

"여기가 새로운 세계야. 플레이 그라운드."

이게 무슨 소리인가 싶어 로아는 눈만 깜빡거렸다.

'이곳이 새로운 세계라니?'

로아가 아무 반응 없이 서 있자 태이는 머쓱한 듯 허리를 폈다.

"따라와. 플레이 그라운드를 소개해 줄게."

태이는 앞장서서 왼쪽 복도 끝으로 걸어갔다. 거기엔 평범한 엘리베이터가 있었다.

"이건 작동돼?"

"원래는 안 됐는데 겨우 고쳤어. 원통형도 고쳐봤는데 그건 아무리 해도 작동이 안 되더라. 애초에 장식용이었던 건가 싶어."

태이가 엘리베이터 버튼을 눌렀다. 층수 알림판의 숫자가 10에서 9로, 9에서 8로 천천히 바뀌었다. 로아는 알림판과 태이를 번갈아 힐끔거렸다. 물어볼까 말까. 치솟는 궁금증을 도저히 억누를 수가 없었다.

"넌 왜 디마를 그만뒀어?"

디마였다면 교문 앞에서 쫓겨나는 일은 없었을 거다. 이쪽 세계의 나로아도 디마가 되고 싶어 했다. 모두가 가고 싶어 하는 디마이를 뛰쳐나온 태이. 로아는 그 이유가 궁금했다. 태이는 난처한 듯 몇 번인가 턱을 어루만지다가 입을 열었다.

"거기에 있는 내내 연기를 하고 있는 것 같았어. 난 특기생이었잖아. 디마이 안에서는 특기생에게 바라는 이미지가 있어. 적당히 겸손하고 다른 디마들에게 감사하는 태도를 지니고, 뭐 그런 거. 특히 논디마 관련 문제에는 절대 입을 열면 안 돼. 그런 걸 잘 못 지키면 눈치 없는 문제아가 되지.

2~3년은 나도 그 이미지에 맞춰 행동했어. 그런데 점점 이상하단 생각을 떨칠 수가 없더라고. 내 친구들 중에도 공부하고 싶어 하는 애들이 많았거든. 디마이에 다니는 애들보다 재능 있는 애들도 많았고. 그런데 부모가 돈이 없단 이유만으로 교육의 기회를 박탈당하는 건 너무 불공평하잖아. 적어도 선택할 기회는 줘야지, 안 그래? 그런 생각이 계속 드니까 더는

디마이가 원하는 모습으로 지낼 수가 없었어. 이해 못 하겠지? 그만두고 나올 때 주변에서 다 나한테 미쳤다고 하더라."

"아니……. 이해해. 힘들지. 계속 타인이 원하는 모습으로 지내는 거."

로아는 학교를 바다로 만들기 위해 노력했던 수많은 날들을 떠올렸다. 아버지에게 얻어맞아 부어오른 뺨을 "라면 먹고 자서 이런가 봐."라는 농담으로 숨겨야 했을 때의 비참함. 엄마의 간섭이 귀찮다고 떠드는 친구들 틈에서 어색하지 않게 웃으려 노력했던 때의 소외감. 그 감정들은 태이의 것과 완전히 같지는 않았지만 분명 닮아 있었다.

'내가 태이라면 같은 선택을 할 수 있었을까?'

로아는 태이가 부러웠다. 억지로 무리에 끼어들지 않아도 아무렇지 않을 듯 강해 보이는 아이. 고개를 숙인 채 발끝을 바라보던 로아는, 뺨에 느껴지는 간질간질한 시선에 고개를 들어 옆을 보았다. 태이가 로아를 빤히 응시하고 있었다.

"왜?"

"이해한다고 말해준 거, 네가 처음이야."

"율이는?

"율이는 나나 자기 같은 사람들이 디마이에 남아야 미래를 바꿀 수 있다고 보는 쪽이야."

알림판의 숫자가 1로 바뀌었다. 태이와 로아는 엘리베이터에 탔다. 태이가 10층 버튼을 눌렀다.

"10층만 사용 중이야. 그래도 있을 건 다 있어. 원래 상가였던 데라 칸이 나뉘어져 있어서 방으로 쓰기 편해. 사회단체와 연이 닿아서 이것저것 고쳐나가고 있는 중이야."

"사회단체?"

"내려 보면 알아. 깜짝 놀랄걸?"

엘리베이터가 멈추고 문이 열렸다. 왁자지껄한 아이들의 목소리가 밀물처럼 밀려왔다. 그 소리에 흘린 듯 엘리베이터에서 내린 로아의 입이 가볍게 벌어졌다.

둥그렇게 의자를 붙이고 모여 앉은 아이들. 원 안에 놓인 칠판과 칠판에 쓰인 글자들. 칠판 앞에 선 선생님과 앞다투어 손을 드는 아이들.

익숙한 교실의 풍경이 그곳에 있었다.

"이게 플레이 그라운드야. 디마이 체재에 반대하는, 혁명을 꿈꾸는 아이들! 신기하지? 저렇게 여럿이 모여서 뭔가를 배우는 거. 예전 자료 참고해서 커리큘럼을 만든 거야."

로아의 등 뒤에서 태이가 자랑하듯 말했다.

"신기하지 않아."

로아의 입술 사이에서 흘러나온 목소리는 누군가 툭 건드리면 터질 듯한 슬픔으로 가득 차 있었다. 태이는 잠시간 로아의 옆얼굴을 가만히 바라보았다. 크게 숨을 몰아쉰 로아는 음

절마다 힘을 주어 다시 한번 말했다.

"내겐 당연한 세계야."

"무슨 뜻이야?"

"네가 아는 율이와 내가 아는 박도율은 다른 사람일 거야."

믿든 말든 네 자유지만. 로아는 그렇게 덧붙였다. 한순간 로아와 태이 사이에 멀리서 밀려들어 오는 아이들의 음성만이 있었다. "오늘 수업은 이걸로 끝이에요."라는 말과 함께 발소리가 복도에 울려 퍼졌다. 주변의 모든 소리가 썰물처럼 빠져나갔다.

"쉬프팅이라고 알아?"

로아가 침묵을 깨고 운을 뗐다. 허황된 이야기를 하는 이상한 애로 여겨져도 어쩔 수 없었다. 쉬프팅에 대해 말하지 않으면 태이와 어떤 대화를 해도 이해받지 못할 터였다. 로아는 자신이 겪은 일을 천천히 털어놓았다.

"……그렇게 된 거야. 그러니까 나는 네가 아는 율이를 몰라. 내가 아는 건, 나와 같은 세계에서 온 박도율이야."

이야기를 끝내고 로아는 태이의 반응을 살폈다. 태이는 한 번도 로아의 말허리를 자르지 않았다. 입을 꾹 다문 채 듣고만 있었다. 로아의 이야기가 끝난 후에도 마찬가지였다.

"역시 믿기 힘들지?"

침묵을 이기지 못한 로아가 묻자 태이는 잠시 미간을 찌푸

리더니 고개를 가로저었다.

"아냐. 음, 믿어."

"정말?"

"응. 이야기를 꾸며낼 거였으면 그렇게 널리 알려진 도시 괴담을 이용할 것 같진 않거든. 누가 들어도 거짓말이라고 할 테니까. 그래서 오히려 믿음이 가."

이번에는 로아의 미간에 주름이 잡혔다.

"널리 알려진 이야기?"

"그래. 쉬프팅, 그거 모르는 사람 없잖아. 도시 괴담 중에 제일 유명하니까. 쉬프팅이 가능한 엘리베이터가 슬럼가에 있다고 해서 여기에도 괴담 미스터리 마니아들이 몇 명이나 왔었어. 개인 방송에 쉬프팅 체험담을 업로드한 사람들도 꽤 있어. 다 가짜로 밝혀졌지만."

태이는 휴대폰으로 '쉬프팅'을 검색해 로아에게 보여줬다. 정말로 수십 페이지에 달하는 검색 결과가 떴다.

"말도 안 돼."

로아는 허탈한 중얼거림을 내뱉었다. 원래 세계에서는 쉬프팅이란 말을 들어본 적도 없었고, 그런 도시 괴담이 아이들 사이에서 유행한 적도 없었다. 그래서 검색해 볼 생각 자체를 하지 못했다. 허탈함과 기쁨이 동시에 몰려왔다. 이 정도의 검색 결과라면 분명 어딘가 돌아가는 방법에 대해서도 나와 있을 터였다. 태이가 내민 휴대폰 화면을 빠르게 훑어보던 로아의 시선이 한 곳에 멈췄다.

있었다. 돌아가는 방법.

포스팅을 클릭하는 로아의 손가락 끝이 달달 떨렸다.

〈쉬프팅 후 원래 세계로 돌아가는, 일명 역 쉬프팅 방법〉

쉬프팅 했을 때와 반대로 엘리베이터의 번호판을 누른다. 즉 10, 6, 4, 2층을 차례대로 누른 후 2층에 도착하면 5층을 누른다. 여기부터는 쉬프팅과 같다. 5층에서 1층을 눌렀을 때 1층이 아닌 10층으로 올라가면 역 쉬프팅 성공이다. 단, 이것은 한 번 점프한 세계를 다시 건너뛰는 것이기에 특별한 조건이 붙는다. 엘리베이터 번호가 '0000-000'으로, 제로 넘버여야 한다.

로아는 포스팅에 쓰인 내용을 다 읽자마자 계단을 뛰어 내려갔다. 등 뒤에 엘리베이터가 있다는 사실을 까맣게 잊어버린 정도로 미음이 급했다. 로아는 밖으로 나가 이쪽 세계에 처음 왔던 날 광장까지 왔던 길을 되짚어 달렸다.

가쁜 숨을 몰아쉬며 로아는 엘리베이터 앞에 섰다. 작동이 멈춘 엘리베이터 주변을 샅샅이 살펴 층수 버튼 옆에 붙은 금속판을 찾아냈다. '승강기 번호(ID): 0012-001' 검게 인쇄된 숫자가 약간 지워지긴 했지만 어떻게 봐도 제로 넘버는 아니었다.

"이게 아니야."

로아는 다리에 힘이 풀려 제자리에 주저앉았다.

"분명히 이 엘리베이터로 이쪽 세계에 왔는데, 왜 이게 아닌 건데?"

막막했다. 제로 넘버 엘리베이터를 찾아야 포스팅에 적힌 방법이 진짜인지 아닌지 시도라도 해볼 수 있을 텐데, 대체 어디서 찾아야 할지 막막하기만 했다. 로아는 양손으로 감싸안은 무릎 사이에 고개를 파묻었다. 울고 싶었다. 하지만 울면 원래 세계로 돌아가지 못하게 될 것만 같아서, 울음 섞인 숨을 목 아래로 눌러 삼켰다. 땀이 식어서인지 텅 빈 건물에 들어찬 공기가 차가워서인지 어깨가 마구 떨렸다.

툭. 포근한 무엇인가가 로아의 어깨를 감쌌다.

"같이 찾자. 제로 넘버 엘리베이터."

태이였다. 로아는 자신의 어깨에 걸쳐진 것을 만지작거렸다. 태이의 허리에 묶여 있던 카디건이었다.

"어째서?"

"율이가 너의 세계에 간 걸지도 모르잖아. 그렇다면 율이를 원래 자리에 되돌려 놓아야 해. 이제 곧 디데이거든."

"디데이?"

"그래. 그러니까 우리 서로 협력하는 게 어때?"

태이가 손을 내밀었다. 무릎 위에서 꼼지락거리던 로아의 손이 태이의 손을 마주 잡았다. 따뜻한 온기가 몸의 떨림을 가라앉혔다.

"잘 부탁해."

새로운 세계는 반드시 열려야만 했다.

휴대폰 속에서 코미디언이 익살스러운 표정을 지었다. 보이지 않는 관객들의 웃음소리가 흘러나왔다. 심드렁히 화면을 들여다보고 있던 도율은 결국 소파 위에 휴대폰을 던지듯 내려놓았다.

'왜 하필 다른 애들이랑 함께 있을 때 찾아와서는……'

앞을 막아서던 로아의 얼굴이 자꾸만 눈앞에 어른거렸다. 어제 로아의 손을 뿌리치고 집에 돌아온 이후 아무것도 손에 잡히지 않았고, 디마이에서 무엇을 해도 즐겁지 않았다. 결국 일찍 집에 돌아와 로아의 모습을 지워보려 유튜브를 뒤적거렸지만 통 집중이 되지 않았다.

'유니폼 차림이 아니었던 걸 보면 나로아는 논디마인 것

같아……. 걔네 집, 잘살지 않았나? 부모님 두 분 다 대기업 다
닌다고 했던 것 같은데. 집도 좋은 아파트였고.'

등에 닿는 소파가 푹신했다. 원래 세계의 집에는 소파가
없었다. 좁은 거실 여기저기에 물건이 쌓여 있어 소파를 놓을
공간도 없었다. 도율은 아직도 낯선 집 안을 다시 한번 둘러보
았다.

"하긴……. 나도 이렇게 상황이 바뀌었는데, 나로아도 무언
가 바뀌었겠지."

도율이 혼잣말을 중얼거리는데, 방문 열리는 소리와 함께
도준이 거실로 나왔다. 도율은 다시 휴대폰을 보는 척했다. 이
쪽 세계의 박도율이 형과 어떤 사이인지는 파악하지 못한 터
였다.

"너 어제 또 논디마랑 만났다며?"

도준이 현관에서 신발을 신으며 말을 걸었다.

"계속 그렇게 한심하게 굴면 진정한 디마가 되지 못해. 안
그래도 너랑 난 중간 합류니까 주변에 안 좋게 보는 애들 많다
고 몇 번을 말했어?"

도율은 휴대폰을 보는 척하면서도 도준의 말에 귀를 기울
였다. 이쪽 세계를 완벽하게 자신의 것으로 만들기 위해서는
많은 정보가 필요했다. 인터넷으로는 알 수 없는 박도율의 정
보. 사이가 어땠든 도준은 이쪽 세계의 박도율을 잘 알고 있을

터였다.

"진정한 디마가 되려면 뭘 해야 되는데?"

도율의 말에 도준은 까닥, 손짓을 해보였다.

"궁금하면 따라와."

도준은 잠시 망설이다 소파에서 일어났다. 로아의 모습을 떨쳐내기 위해서라도 무언가 할 필요가 있었다.

"뭐야. 진짜 같이 가게? 웬일이냐. 평소에 내가 하는 말은 귓등으로도 안 듣더니."

막상 도율이 현관으로 오자 도준은 의외라는 듯 놀랐다. 도율은 신발을 신고 도준의 옆에 섰다.

"그냥. 심심해서."

"운이 좋네. 오늘 딱 좋은 사냥감을 찾아냈거든. 가자."

도율은 도준과 함께 집을 나섰다. 이쪽 세계의 도준은 원래 세계의 도준보다 좀 더 마른 체형이었다. 도율은 도준과 한 발 정도 거리를 두고 걸었다.

"형. 올해 U-20 열리나?"

도율은 고심한 끝에 떠올린 질문을 슬쩍 던졌다. 이쪽 세계의 도준도 축구를 하고 있는지 궁금했다.

"이미 열렸지. 나흘 뒤가 우리나라 첫 경기야. 온두라스랑 붙어."

"잘 아네. 형은?"

"내가 뭐?"

앞장서 걷던 도준이 부루퉁하게 되물으며 아파트 지하 주차장으로 향했다.

"U-20에서 뛰고 싶어 했잖아."

원래 세계의 도준은 U-20의 선발로 뽑히는 게 목표였다. 선발 시즌이 다가오면 엄마는 아무리 바빠도 온갖 음식을 정성껏 만들어 도준의 학교로 찾아갔다. 감독에게 잘 보여서 추천을 받아야 한다고 했다. 하지만 작년에 형은 선발로 뽑히지 못했다. 여름방학 때 집에 돌아온 형은 "고작 한두 번 찾아오는 걸로 되겠냐고. 다른 애들은 엄마가 전담 마크를 해준단 말이야. 엄마들끼리 숙소 옆에 모여 살면서 매일 간식 만들어준다고. 운동은 흙수저가 한다는 거 다 옛날 말이야. 글렀어. 내가 뽑히지 않은 건 다 아빠 엄마가 능력이 없어서야."라고 투덜거렸다.

"약 올리냐? 하여간 아빠 엄마도 꽉 막혔다니깐. 어차피 우린 중간 합류라서 순혈 취급 못 받는다고 그렇게 말해도 이해를 못 해. 대한민국 순자산 10퍼센트 이내라고 해도, 1퍼센트 내에 드는 집이랑 있는 거 없는 거 다 긁어모아서 간신히 10퍼센트에 든 집이랑 어떻게 같아? 다른 애들 보기에 우린 용의 꼬리에 달랑달랑 붙어 있는 똥 덩어리라고."

도준은 주차장 한쪽에 세워진 바이크 앞에 섰다. 바이크를 덮은 천을 벗긴 후 손잡이에 걸려 있는 헬멧 하나를 도율에게 내밀었다.

"이거 형 거야?"

"뭐냐, 새삼스럽게. 축구팀 들어가지 않는 조건으로 받은 거잖아. 그냥 그때 좀 더 우겨서 축구팀에 갔어야 했어. 인생 역전할 찬스는 그것뿐이었는데."

"이거 아무리 봐도 125cc 아닌데?"

도율은 헬멧을 받아 들며 바이크를 살폈다. 도준이 픽, 코웃음을 쳤다.

"폼 안 나게 125cc를 왜 타? 그런 건 논디마나 타는 거지. 개네야 나이 제한 때문에 2종 원동기면허밖에 못 따니까."

바이크에 올라탄 도준이 뒤에 타라는 손짓을 했다. 도율은 잠자코 뒷자리에 앉아 헬멧을 썼다.

'2종 소형면허를 18세 이전에 딸 수 있는 것도 디마의 특권인 모양이네.'

이쪽 세계의 도준은 축구팀 소속이 아니다. 원래 세계에서 도준이 운동 특기생이 된 걸 자랑스러워하던 부모님은, 이쪽 세계에서는 도준이 축구팀에 들어가지 못하게 하려고 갖은 애를 썼다.

'진짜 사소한 부분까지 다 다르네.'

이곳은 정말 다른 세계다. 도율은 곰곰이 그 사실을 되씹었다. 바이크는 주차장을 빠져나와 아파트 밖으로 날려 나갔다.

도율은 도준의 허리를 붙잡고 뒷자리에 앉아 생각에 잠겼다. 이쪽 세계를 완벽하게 파악하려면 시간이 꽤 걸릴 것 같았다. 그러니 로아를 모른 척한 건 틀린 판단이 아니라고, 도율은 자기 자신을 납득시켰다.

'그렇잖아. 애들 중에 아무도 나로아를 모르는 눈치였어. 이쪽 세계의 박도율은 이제까지 나로아와 전혀 접점이 없었다는 거지. 내가 갑자기 논디마인 나로아에게 아는 척을 하면 얼마나 이상해 보였겠어.'

좀 더 정보를 모을 때까지는 나로아가 다시 찾아와도 모른 척하기로 도율은 마음을 정했다. 이쪽 세계에 완전히 익숙해진 뒤에 마주해도 늦지 않을 것이다. 그때쯤 되면 로아도 이쪽 세계에 익숙해져서 원래 세계로 돌아가는 방법 같은 건 묻지 않을지도 모른다.

'그래, 맞아. 나로아를 만나지 않는 게 나로아가 이쪽 세계에 더 빨리 적응하도록 도와주는 거야.'

그렇게 자기합리화를 하자 조금은 마음이 편해졌다.

"형. 혹시 김태이라고 알아?"

도율은 문득 떠오른 이름을 외쳐 물었다. 달리는 바이크에 맞서 불어오는 바람 소리에 도율의 목소리가 뒤섞였다.

"뭐? 누구?"

"김태이!"

도율은 궁금했다. 원래 세계와 쉬프팅 된 이쪽 세계. 자신과 로아의 관계만 변한 것인지, 아니면 다른 사람들의 관계도 모두 달라진 것인지. 그래서 떠오른 사람이 태이였다.

작년 여름방학 때, 도준의 학교 친구인 태이가 집에 찾아왔었다. 키가 크고 잘생긴 형. 그게 도율이 본 태이의 첫인상이었다. 특별히 아우라가 넘친다거나 하는 인상은 아니었다. 하지만 도준은 태이가 대단하다며 추켜세웠다. "전국 모의고사 상위 1퍼센트에 드는 애야. 뭔 국제 올림피아드에 나가서 상도 탔대. 역시 머리 좋은 게 최고야. 부모 빽 이런 거 전혀 없이 자기 능력으로 인정받는 거, 멋있잖아." 도준의 친구에는 별 관심이 없던 도율도 태이는 마음에 들었다. 도율이 거실에 쭈그려 앉아 휴대폰 게임을 하고 있을 때 "잘하네." 하고 칭찬해 주던 태이의 목소리가 아직도 생생했다.

"김태이? 그게 누군데?"

도준이 목소리를 높여 되물었다. 바이크는 대로를 빠져나가 골목으로 꺾어 들어갔다. 골목 안쪽에는 작은 공장들이 여기저기 흩어져 있었다.

"형 친구."

"내 친구? 난 그런 친구 없는데."

바람 소리가 잦아들었다. 도준은 바이크를 한 공장 옆 공터에 세웠다. 대여섯 명의 사람들이 공터 한쪽에 모여 있었다. 도준은 바이크에서 내려 그들에게로 다가갔다.

"내 친구는 이쪽이지. 인사해, 내 동생."

"뭐냐. 동생하고 사이 안 좋다더니."

"얘 교육에 데리고 와도 돼?"

도준이 친구들과 낄낄거리며 웃었다. 몇몇은 바이크에 앉은 도율을 향해 손에 든 야구 배트를 위협적으로 흔들어 보이기도 했다. 도율의 어깨가 움츠러들었다.

"야, 나온다."

"말했지. 저 두 명만 맨날 늦게 나온다고."

공장 밖으로 두 소년이 걸어 나왔다. 도율을 향해 있던 사람들의 관심이 순식간에 그들에게로 쏠렸다. 빙빙 허공을 돌던 야구 배트가 그들의 뒤통수를 후려쳤다.

도준과 도준의 친구들이 공장에서 나온 이들을 공터 안쪽으로 끌고 들어오는 것을, 무릎을 꿇게 하는 것을, 둘러싸고 일방적인 폭행을 퍼붓는 것을, 도율은 겁에 질려 지켜보았다. 그것은 주혁에게 괴롭힘을 당할 때마다 언젠가 겪게 되지 않을까 두려워했던 형태의 폭력이었다.

도율은 바이크에게서 내려와 섰다. 말리고 싶었다. 하지만 다리가 후들거려서 한 걸음도 뗄 수가 없었다.

"어때? 교육의 현장이."

바이크 쪽으로 다가온 도준이 히죽 웃으며 도율에게 말을 건넸다.

"교육……이라고?"

"그래. 논디마들에게 주제 파악을 시키는 거야. 우린 미래에 나라를 짊어질 디마라고. 논디마가 우리의 스트레스 해소를 위해 힘쓰는 건 당연한 거지. 가끔 그 당연한 사실을 까먹는 것들이 있어. 그런 논디마는 교육을 시켜야지."

도준이 도율에게 야구 배트를 건넸다.

"너도 해봐. 진짜 디마가 되라고."

"아냐. 나는……. 나는 이런 건……."

도율은 손을 내저으며 한 발, 또 한 발 도준에게서 멀어지다가 달아났다. 그 자리를 벗어나고 싶었다. 도율의 뒤에서 웃음소리가 터져 나왔다. 도율은 웃음소리에 쫓기듯 점점 더 빠르게 뛰었다.

'설마 나로아도 이런 일을 겪은 거 아냐? 그래서 그렇게 필사적으로 원래 세계로 돌아가는 법을 물어본 거면 어떡하지?'

도율은 눈앞에 떠오르는 로아의 모습을 더 이상은 지워낼 수가 없었다.

'나로아를 만나봐야겠어.'

디마이 친구들에게 들키지 않고 만날 수 있는 방법이 분명 있을 것이다. 도율은 길 한복판에 멈춰 서서 거친 숨을 골랐다.

하이에나 굴에 들어가도

컨베이어벨트 위로 만두가 줄지어 움직였다. 로아는 기계적으로 손을 움직이며 만두의 위를 여몄다. 하지만 복잡한 머릿속은 만두처럼 쉽게 여며지지 않았다. 태이가 해준 플레이 그라운드에 대한 이야기가 자꾸만 떠올랐다.

∗

"플레이 그라운드는 공동체야. 지금 인원은 14명 정도. 처음부터 플레이 그라운드라고 불렀던 건 아냐. 누가 처음에 그렇게 불렀는지도 알 수 없어.

이곳, 디자인플라자에 처음 아이들이 살기 시작한 건 10여 년 전쯤이야. 가정폭력에 시달리던 아이들 서너 명이 잘 곳을 찾아왔어. 너도 여기 다른 건물들을 봤겠지만, 거긴 짓다가 말았잖아. 거의 다 지은 건 A동밖에 없어. 당연히 전부 이곳으로 모여들게 되었지.

건물에서 마주친 아이들은 서로 힘을 모으기로 했어. 전기와 배선을 다룰 수 있는 아이가 발전기를 작동시켜 건물에 불을 밝혔어. 화장실 배관 문제를 해결하는 게 제일 오래 걸렸다더라. 크고 작은 다툼이 있었지만 그건 문제가 아니었어. 진짜 문제는 돈이었지.

아이들이 가지고 있던 돈은 일주일도 되지 않아서 떨어졌어. 직업훈련으로 받는 월급을 인출하려면 보호자 동의가 필요하잖아. 가출을 했으니 그 돈은 허공에 사라진 거나 마찬가지였지. 아이들은 일자리를 구하기로 했어. 가출과 동시에 직업훈련을 무단이탈한 상태가 되었기에 쉽지 않을 거라 각오를 했지. 하지만 아니었어. 공장주들은 아이들이 법의 테두리 밖에 존재한다는 걸 알자마자 최저임금의 절반을 주겠다고 달려들었어. 아이늘 모누가 일자리를 구했지.

그날 밤, 아이들은 한자리에 모여 앉아 자신들이 느낀 이상함에 대해 토로했어. 직업훈련이라는 건 아이들의 적성을 좀 더 일찍 찾을 수 있게 해주는 제도 아니었냐. 하지만 우리가 겪은 일을 보면 어른들은 우리를 값싼 노동력 그 이상으로 여기지 않는 거 아니냐. 논디마 아이들끼리 얼굴을 마주하고 그런 이야기를 진지하게 나눈 건 사실상 처음 있는 일이었어.

논디마 아이들은 대부분 10세 이전에 하루에 여덟 시간 이상 노동을 하니깐 모일 시간도 장소도 없었거든. 지금은 여러 단체가 정보 접근권을 차별하지 말라는 탄원을 내서 풀렸지만, 그때는 논디마가 인터넷 좀 하려면 직업훈련 번호까지 다 입력해야 했어. 디마이의 마음에 들지 않는 글을 쓰면 바로 직업훈련 레드카드. 디마이가 인터넷까지 모두 통제했던 거지.

주변의 모두가 자신과 비슷한 생활을 하는 데다 어른들의 말도 판에 박은 듯 같았어. 상황에 의문을 느껴도 그 의문을 공유할 대상이 없는 아이들은 외딴섬에 갇힌 듯 오직 보호자의 말만을 믿을 수밖에 없었지. 이건 지금도 별반 다르지 않아. 건물에 모여 앉은 아이들은 섬에서 탈출한 생존자였던 거야. 그들은 더 이상 섬에 갇혔을 때와 같은 시선으로 세상을 볼 수 없었지. 아이들은 말하고 또 말했어. 의문을 나누는 것에서 변화가 시작되었지.

그렇게 시작된 변화는 멈추지 않았어. 느리지만 계속되었어. 아이들은 자신들이 겪은 일을 기록했고, 부당함을 알리는 전단을 붙였어. 아무도 그들의 말을 들어주지 않아도 포기하지 않았어. 어른이 된 후에도 말이야.

어른이 된 그들은 '센터'라고 불리는 단체를 만들었어. 논디마의 인터넷 사용 제한 폐지, 보호자의 양육 포기에 대한 법제화 등 지금은 당연하다고 여기는 것들 모두 그들이 이끌어 낸 거야. 지금은 직업훈련 제도 폐지를 추진하면서 탈가정 청소년을 위한 교육공동체 설립을 추진하고 있어.

처음에는 뭐 저런 쓸데없는 단체를 만드냐고 비웃음을 샀대. 이제 와서 공교육 부활 같은 비현실적인 주장이라도 할 거냐고 말야. 그래도 그들은 꿋꿋이 활동을 계속했어. 그들의 활동에 자극받은 사람들도 단체를 만들었지. 지금 플레이 그라운드를 돕고 있는 '마루'는 센터의 하부 단체야. 현재 여기서 생활하고 있는 애들 대부분은 마루가 구출해 온 가정폭력 피해자고. 폭력 피해자를 구출할 수 있는 권리가 마루에 주어진게 고작 3년 전이라 애들이 다 어려. 자발적으로 마루의 활동을 이해하고 합류한 나 같은 케이스가 오히려 드물지. 그래서 지금 플레이 그라운드에선 내가 제일 연장자야. 나랑 동갑인 여자애도 한 명 있고.

나는 플레이 그라운드가, 사방으로 흩어져 있던 작은 물줄기들이 천천히 모여 이루어낸 커다란 강이라고 생각해. 나는 그 강이 더 넓은 곳으로 흘러가게 할 거야.

그래. 바다 같은 곳."

'김태이……. 걔랑 있는 게 이상하게 편했어.'

태이뿐만이 아니었다. 플레이 그라운드의 모든 것이 편했다. 호기심 어린 시선을 보내는 어린아이들과 게스트 하우스처럼 꾸며진 방, 커다란 창문 아래 놓인 기다란 탁자까지, 태이가 소개해 준 모든 것이 편했다. 원래 세계의 학교에서도 느껴본 적 없던 편안함이었다. 처음 간 곳에, 처음 만난 사람들이 왜 그렇게까지 편했던 걸까. 궁금했다. 궁금한 만큼 다시 플레이 그라운드에 가고 싶었다.

'디데이가 뭔지 설명도 듣지 못했어. 물어보고 싶은 게 산더미처럼 많아.'

하지만 일주일 간은 야근을 해야 한다. 엊그제 오후 작업에 빠진 걸 아버지에게 들킨 탓이다. 일주일이나 이 공장 안에만 갇혀 있어야 하다니.

돌아오고 싶지 않았다.

그 사실을 깨닫자마자 기계적으로 움직이던 로아의 손이 멈췄다. 만두는 빠르게 로아의 앞을 지나갔다.

"야! 정신 차리라고 했지!"

어느새 로아의 뒤에 다가온 아버지가 손에 들고 있던 장부로 로아의 머리를 내리쳤다. 로아는 아랫입술을 꽉 깨물었다.

참아야지. 참아야 한다. 어릴 적부터 하도 되뇌어 머릿속에 각인된 말이 로아를 옥죄었다.

로아도 참지 않은 적이 있었다.

여덟 살 때였다. 아버지가 로아의 뺨을 때렸다. 맞은 쪽 귀에서 계속 위잉위잉, 동굴을 지나는 바람 같은 소리가 났다. 어머니가 로아를 데리고 병원에 갔더니 고막이 터졌다고 했다. 의사는 로아에게 물었다. "부딪혔니?" 어머니가 로아에게 눈짓을 해보였다. 로아는 병원 관계자가 아동학대 신고 의무자라는 것을 알고 있었다. 여기서 거짓말을 하지 않으면, 참지 않으면 무언가 변하지 않을까. 로아는 "아버지한테 맞았어요." 라고 대답했다. 의사는 잠시 책상 위 컴퓨터 모니터를 바라보다가 다시 물었다. "맞았다고?" "네." "아버지가 엄하시구나. 그래도 널 사랑하지 않는 건 아닐 거야. 실수였겠지." 그게 끝이었다.

집에 돌아와서 로아는 어머니에게 또 맞았다. 그날부터 늘 참기로 마음먹었다. 참지 않고 도움을 요청해도 어차피 아무것도 바뀌지 않는다. 그럴 바엔 무사히 어른이 될 때까지만 참고 또 참자 싶었다. 혼자 힘으로 먹고살 수 있는 어른. 게다가 참으면, 어쨌든 학교에 갈 수 있었다. 도망칠 곳이 있기에 참을 수 있었다.

"엊그제는 무단으로 이탈하고, 어제도 집에 늦게 돌아오고.

남자라도 생겼어? 아직 어린 게 발랑 까져서는. 그러니까 네가 만두나 빚고 있는 거야."

하지만 이 세계에는 학교가 없다. 와장창. 머릿속 각인이 부숴졌다.

'도망칠 곳이 없는데 내가 왜 참아야 하지?'

로아는 아버지를 쏘아봤다. 갑작스러운 로아의 행동에 아버지의 눈가가 가늘어졌다. 건방지게, 라는 말이 아버지의 입 밖으로 나온 것과 로아가 입을 연 것은 거의 동시였다.

"만두나 빚는다고요? 그럼 만두 공장 운영도 제대로 못 해서 어린애들 노동력이나 착취하고 있는 아버지는 뭔데요?"

"뭐? 이게 진짜!"

아버지가 손을 치켜들었다. 로아는 반사적으로 몸을 웅크렸다.

"사장님, 거래처에서 나오셨어요."

공장 바깥쪽에서 누군가 외쳤다. 아버지는 흥, 콧방귀를 뀌며 뒤돌아섰다. 유영이 로아를 잡아끌며 무어라 말했지만 로아에겐 들리지 않았다. 처음으로 아버지에게 맞섰다는 사실에 가슴이 요동쳤다.

'그래. 이쪽 세계에서까지 참을 필요는 없어.'

로아는 앞치마를 벗어 바닥에 던졌다. 그러고는 바로 집으로 돌아와 가방을 쌌다. 챙길 것은 많지 않았다. 가장 중요한 휴대폰은 이미 로아의 셔츠 안쪽 주머니에 들어 있었다. 원래 세계에서 사용하던 휴대폰은 여전히 먹통인 채였지만, 로아는 그 휴대폰을 늘 품에 지니고 다녔다. 휴대폰이 원래 세계와 자신을 이어주는 유일한 끈처럼 느껴졌다.

마지막으로 가방에 넣은 건 나로아의 일기장이었다. 로아가 없어진 걸 알면 아버지와 어머니는 분명 방을 뒤질 거다. 일기장을 챙긴 건 로아가 이쪽 세계의 나로아에게 지킬 수 있는 최소한의 의리였다.

로아는 가방을 메고 집을 나섰다. 아버지가 쫓아올지도 모른다는 불안감에 어깨가 빳빳하게 굳었다. 플레이 그라운드로 향하는 지하철을 탄 후에도 긴장은 좀처럼 풀리지 않았다. 로아는 가방을 꽉 끌어안았다.

'디자인플라자에 있는 다른 건물도 찾아보자. 제로 넘버 엘리베이터가 있는지. 그리고…….'

플레이 그라운드에서 지내게 해달라고 말할 것이다. 그럼 태이는 어떤 반응을 보일까. 거절당하면 어떡하지. 로아는 마른 입술을 혀끝으로 축였다. 온몸이 버석버석 말라 금방이라도 바스러질 것만 같았다.

로아는 눈을 질끈 감고 바다를 상상했다. 암벽을 오를 때마다 했던 상상이다. 아무리 힘들어도 위에 오르기만 하면 날아오를 수 있다. 위에서 솟구쳐 올랐다가 다시 바다로 돌아가는 물고기가 된 것만 같은 그 순간이 좋았다.

하지만 상상 속에서, 로아는 뛰어내리지 못했다. 마지막으로 암벽을 탔던 날처럼 계속 매달려 있을 뿐이었다. 상상 속 바다가 끈적끈적한 석유처럼 검게 변해 일렁거렸다. 로아는 눈을 뜨고 가방에 얼굴을 파묻었다.

'왜 상상 속에서까지도 올라가지를 못하는 건데…….'

지하철에서 내려 로아는 곧장 플레이 그라운드로 향했다. 입구에 다다랐을 때, 어디선가 날카로운 비명이 들려왔다.

"도와줘! 하이에나야!"

건물 안에서 서너 명의 남자들이 우르르 몰려나왔다. 그중 한 명이 어깨에 여자를 들쳐 업고 있었다. 남자는 힐끔 로아를 보더니 인상을 썼다. 끼어들지 말라는 경고였다. 로아는 주춤 뒷걸음질 쳤다. 귀찮은 일에 말려들고 싶지 않았다.

"도와줘! 도와주세요!"

남자의 어깨에서 발버둥 치던 여자와 로아의 시선이 일순간 마주쳤다. 여자는 로아 또래로 보였다. 절박함이 일렁거리는 눈빛. 로아는 그와 닮은 눈빛을 이전에 본 적이 있었다. 포기하기 전, 거울 속에서 봤던 로아 자신의 눈빛이었다. 포기하지 않으면 분명 누군가 도와줄 거라고 믿었던 눈빛. 로아는 주저하다가 머뭇머뭇 여자에게로 손을 뻗었다.

"태이, 태이한테 말해줘! 나 잡혀……."

남자가 여자의 입을 틀어막고는 길가에 선 봉고 차 안으로 던져 넣었다. 여자가 마지막으로 외친 말이 로아의 귀에 내리꽂혔다.

"방금…… 분명히 태이라고 했어."

로아는 멀어지는 봉고 차를 노려보았다. 봉고 차 뒤에는 고양이인지 호랑이인지 모를 동물의 형체를 본뜬 로고가 붙어 있었다.

"하이에나야, 그 사람들."

태이의 미간에 깊은 주름이 잡혔다.

"하이에나?"

"디마이에서 비밀리에 운영하는 조직이야. 뭐, 말이 비밀이지 알 사람은 다 알지만……. 불법적인 사업으로 돈을 벌지. 진윤이가 일하던 콜센터도 그곳에서 운영했어."

"디마이는 교육사업을 하는 곳이잖아. 그런 곳에서 불법적인 일을 한다고?"

로아는 좀처럼 태이의 말을 이해하기 힘들었다. 아무나 학교에 갈 수 없다는 사실까지는 이제야 간신히 받아들인 터였다. 그러나 그것을 제외하곤, 디마이와 학교가 무엇이 다른지 잘 알지 못했다. 로아에게 디마이는 곧 학교였다. 학교가 불법 사업체를 운영하다니, 무슨 말인가 싶었다.

"디마이가 한국에서 교육사업을 독점한 이유도 돈 때문인 걸. 우리나라 교육열은 유명하잖아. 전쟁 통에도 피난민들끼리 초가집 세워서 애들한테 글 가르치던 나라니까. 실제로 디마이가 한국에서 교육사업으로 벌어들이는 돈은 1년에 거의 30조 원에 가까워. 거대 자동차 회사 두 곳의 영업이익을 합한 정도지. 철저한 자본주의사회가 된 대한민국에서 디마이의 자본력은 그만큼 절대적이야. 그 힘을 기반으로 정치와 결탁하고, 언론을 통제하고, 제도를 주무르고 있어."

"그건 꼭 마피아 같잖아."

"실제로 외국에선 마피아 같은 범죄 조직과도 손을 잡고 있어. 마약 카르텔도 있고. 하이에나들도 이전에 조폭이었던 사람들이라고 하던데."

"말도 안 돼……."

로아는 망연자실했다. 아무리 공교육이 사라졌어도 학교는 학교인 줄만 알았다.

'아냐. 사실은 나도 알고 있었어. 교문에서 가드가 나를 밀친 순간 그곳이 내가 아는 학교일 수 없단 걸 알았다고. 인정하고 싶지 않았던 것뿐이야.'

태이의 말을 듣는 동안 로아의 마음속에서 학교가 스러져 갔다. 유일하게 숨 쉴 수 있었던 바다는 사라지고, 황폐한 사막이 되어갔다.

"하이에나들, 플레이 그라운드 안으로는 섣불리 들어오지 않아. 1년 전에 하이에나가 이곳에 난입해서 애들을 잡아간 적이 있어. 센터가 외국 언론을 통해 그 사실을 보도했고. 그 덕에 한동안 디마이의 불법 사업에 대한 성토가 이어졌거든."

"그럼 그때 뭔가 조치가 있었을 거 아냐. 나라에서 하이에나를 잡아들인다던가."

"그러는 척했지. 관계자들 징역 2개월 살고 나왔나? 디마이가 연루되어 있다는 사실도 증거가 없다며 일축해 버렸고. 그 후 디마이가 외국 언론에까지 손을 써서 이젠 센터가 어떤 제보를 해도 좀처럼 기사화되지 않아."

"그럴 수가……."

"그 후에 디마이도 센터나 플레이 그라운드와 엮이는 걸 되도록 피하려 하는 분위기야. 말썽이 난 지 얼마 되지 않았으니까."

태이의 말이 로아의 머릿속에 댕, 종을 울렸다.

'디마이는 학교가 아니야…….'

이미 알고 있던, 그러나 인정하고 싶지 않던 사실이 로아의 안에서 현실로 자리 잡았다. 모든 것이 변했다. 이쪽 세계는 원래 세계와는 완전히 다른 세계다. 그리고 로아 자신도 변했다. 아버지에게 반항했고, 원래 세계의 학교보다도 편한 곳을 찾아냈다. 로아는 가만히 숨을 내쉬었다. 이쪽 세계에 온 후

어느 때보다도 숨쉬기가 편했다.

"진윤이, 여기 오고 한 번도 밖에 못 나갔어. 원래 병원 가는 거 질색하는 앤데, 약 타러 가는 거에 신나 할 정도로 답답해 했거든. 방심했어. 설마 하이에나가 바로 앞에서 기다리고 있을 줄이야."

잡혀간 아이의 이름은 허진윤. 플레이 그라운드에서 생활한 지 3개월째라고 했다.

"하이에나는 보호자가 없는 아이들을 입양해서 거의 반감금 상태로 길러. 진윤이 말로는 20~30명 정도가 기숙사에서 같이 생활하는 모양이야. 홈워크도 시키지 않고 어릴 때부터 강제 노동을 시킨다고 해. 골치 아픈 건, 법적으로는 엄연히 그들이 아이들의 보호자라는 거지. 입양 절차는 밟았으니까. 포기 각서를 도저히 받을 수가 없어."

"포기 각서?"

"센터의 권리 중 하나야. 폭력이나 지나친 착취의 현장에서 긴급 구조를 하는 등 일정 조건을 충족할 경우 보호자에게 양육 포기 각서를 요구할 수 있어. 그 포기 각서가 있으면 직업훈련소를 이탈해도 불법이 아니게 돼. 보호자가 플레이 그라운드에서 생활 중인 아이를 강제로 데려갈 수 없지. 이번처럼 보호자가 강제로 아이를 데려갈 경우 납치로 인정돼서, 센터가 법적 절차를 밟아서 데려올 수도 있고."

하지만 진윤은 포기 각서를 받지 못했기에 하이에나가 강제로 데려갔더라도 합법적으로는 빠져나오게 도울 방법이 없단 거였다. 말을 하는 동안 태이의 미간은 한층 더 찌푸려졌다. 로아는 앞에 놓인 컵을 꽉 움켜쥐었다. 진윤이 납치당한 광경을 목격한 뒤 정신없이 플레이 그라운드로 뛰어오느라 목덜미에 맺혔던 땀이 차게 식었다.

"형. 진윤 누나 어떻게 돼?"

"진윤 언니, 부모님이 데려간 거야? 안 되는데. 진윤 언니가 그랬어. 언니 부모님은 가짜래. 엄청 때리고 밖에도 못 나가게 하고 굶긴대. 나쁜 일을 시킨다고 했어."

"나쁜 일을 할 때마다 죽고 싶어진댔어."

로아와 태이의 주변에 모여 선 아이들이 웅성거렸다. 10대 초반, 혹은 그보다도 어려 보이는 아이들이었다.

"센터에 연락해야 돼!"

"맞아. 우리가 언니를 구하지 않으면 누가 구하겠어!"

아이들의 목소리가 점점 높아졌다. 태이가 아이들에게 진정하라는 듯 손짓을 해보였다.

"걱정 마, 얘들아. 내가 가서 데려올 거니깐. 센터에도 연락할 거야. 최대한 빨리 데려와야지. 진윤이가 또 패닉 일으키기 전에."

"저기……."

로아의 목소리가 태이의 말끝에 겹쳐졌다. 모두의 시선이 로아에게로 쏠렸다. 호기심과 경계심이 뒤섞인 아이들의 표정에 나오려던 말이 목울대에 딱 걸렸다.

'저 애들에게 나는 좋지 않은 소식을 들고 온 불청객일 뿐일 거야.'

그래도 로아는 말해야만 했다.

"나도 같이 갈게."

"네가? 왜? 위험할 수도 있어. 마루에 도움을 요청하긴 할 거지만 시간이 별로 없어서 직접 부딪쳐야 할 거야."

"눈이…… 마주쳤어."

로아는 마른침을 삼키고, 말을 이었다.

"나, 예전에 도와달라고 한 적 있어. 거절당했지. 그 사람은 분명 내가 도와달라고 한 거 알고 있었어. 눈이 마주쳤거든. 그 뒤로 한참이나 그 사람의 눈이 떠올라서 힘들었어. 나 진윤인가, 그 애를 돕지 않으면 이번엔 걔 눈만 계속 생각날 것 같아. 부탁이야. 나도 같이 가게 해줘."

로아는 어릴 적 자신을 외면했던 의사와 똑같이 행동했다는 자기혐오에 사로잡히고 싶지 않았다. 그렇기에 어떻게든 진윤을 구하러 가고 싶었다.

"누나도 가자. 싸움은 사람 많은 게 유리하잖아!"

한 아이가 로아의 손을 덥석 잡았다. 그러자 아이들이 다시 웅성웅성 저마다 입을 열었다.

"맞아. 마루에서 오는 형들이랑 누나들도 맨날 그러잖아. 우리 편이 많아져야 한다고."

"게다가 우리는 진윤 언니 구하러 못 가잖아. 어리다고 데려가 주지 않을 게 뻔하니깐."

"맞아. 그러니까 누나가 우리 대신 가줘."

불청객이 된 듯했던 기분이 웅성거림에 쓸려나갔다. 로아는 자신을 둘러싸고 재잘재잘 떠드는 아이들을 내려다보았다. 어쩐지 코끝이 시큰해졌다.

"그래. 너희 말이 맞아. 한 명이라도 더 있어야지."

태이의 표정이 살짝 부드럽게 풀렸다.

"게다가 우린 동료잖아. 같이 가자."

동료. 로아는 태이의 입에서 굴러 나온 그 단어를 천천히 따라 읊조렸다. 버석버석 말라가던 몸 어딘가에 툭, 맑고 시원한 물방울이 떨어진 것만 같았다.

여기도 아닌 모양이다. 일을 끝내고 공장 밖으로 나오는 사람들을 살펴보던 도율은 손에 든 종이에 엑스 자를 하나 더 추가했다. 종이에는 직업훈련소로 지정된 곳의 주소가 빼곡히 적혀 있었다.

'어디서 일하는지 물어볼걸.'

저녁 6시. 벌써 두 시간째 찾아 헤매고 있었지만 로아가 일하는 곳은 통 찾을 수가 없었다.

'나로아는 논디마잖아. 게다가 이쪽 세계에 온 지 얼마 안 됐으니 돈도 없을 거고. 디마이에 찾아온 걸 보면 걸어서 왕복이 가능하거나 멀어도 지하철로 네다섯 정거장 이내일 거야.'

그러니 금세 찾아낼 수 있을 줄 알았다. 하지만 소규모 공장이나 사업처가 직업훈련소로 지정된 경우가 많다 보니 한 곳씩 둘러보는 데 의외로 시간이 오래 걸렸다.

'찾아내서 뭘 어쩌자고.'

공장 앞을 떠나는 도율의 어깨가 아래로 축 처졌다. 로아가 무사한지 확인하고 싶어서 무작정 찾아 나섰지만 막상 만나면 뭐라고 해야 할지 머릿속이 복잡했다.

'돌아가는 방법을 알려주는 게 제일 좋겠지.'

돌아가는 방법은 간단하다. 올 때와 숫자를 반대로 누르기만 하면 된다. 특정된 엘리베이터 번호가 있긴 하지만 그거야 이쪽으로 올 때 쓴 엘리베이터일 테니 별문제가 되지 않을 거라고 도율은 지레짐작했다.

'하지만 나로아가 원래 세계로 돌아가면……'

두 번 다시 만날 수 없게 된다. 그 사실이 도율을 망설이게 했다.

"야! 율! 율아!"

도율이 골목 끝에 붙은 정비소 옆을 지날 때였다. 누군가 쩌렁쩌렁하게 도율을 불렀다. 한 번도 '율'이라 불린 적이 없던 도율은 자신을 부르는 것이라 여기지 못했다.

"율아! 야, 너 왜 대답을 안 해!"

목소리의 주인이 정비소 안에서 뛰어나와 도율의 등을 쳤다. 생각에 잠겨 걷던 도율은 깜짝 놀라 뒤돌아봤다. 도율의 동공이 일순간 커졌다.

"태이가 너 계속 찾았어. 곧 디데이잖아. 난 플랜 참여는 못 하지만 기대하고 있어. 태이가 네 역할이 중요하다던데, 왜 잠수 타서 걱정을 시키냐. 아니면 뭐, 태이랑 싸웠어? 그렇게 붙어 다니더니."

도율의 눈동자 속 주혁의 형체가 안개 속 신기루처럼 일렁 거렸다.

'차주혁이 왜 여기 있지?'

도율의 입안이 바짝바짝 말랐다.

'차분하게 생각하자. 차분하게.'

하지만 가슴의 떨림은 좀처럼 가라앉지 않았다.

'정비소에서 나온 걸 보면 이쪽 세계의 차주혁은 논디마야. 논디마가…… 디마인 내게 왜 이렇게 친한 척을 하지?'

아무리 생각해도 영문을 알 수가 없었다. 도율이 혼란스러워 하는 사이, 주혁의 손바닥이 도율의 등을 다시 한번 세게 내리쳤다. 도율은 저도 모르게 자라처럼 목을 움츠렸다. 주혁에게 괴롭힘을 당할 때의 버릇이었다. 그 순간 도율은 확신했다. 논디마인 주혁이 디마인 자신 앞에서 당당할 수 있는 이유는 그것 이외엔 떠오르지 않았다.

'이쪽 세계에서도 나를 괴롭히고 있던 게 분명해.'

이쪽 세계의 박도율은 디마이에 중간 합류를 했다. 그러니 그전에 주혁과 만났을 가능성이 얼마든지 있다. 그때 악연이 시작된 게 분명했다.

'왜? 이쪽 세계는 완벽하다고 믿었는데!'

도율은 눈앞에 선 주혁을 노려보았다.

"왜 그래, 율아?"

주혁이 부르는 소리가 거센 압력이 되어 도율의 몸을 떠밀었다. 도율은 도망쳤다. 정신없이 뛰어 지하철에 올라탄 뒤에도 가슴의 떨림은 멎지 않았다. 몇 정거장이 지난 후, 도율은 이를 꽉 악물었다.

'이 완벽한 세계를 망칠 순 없어.'

두려웠던 만큼 맹렬한 증오가 치솟아 올랐다. 완벽한 디마가 되라던 도준의 말이 떠올랐다. 완벽한 디마가 되지 않으면, 계속해서 주혁에게서도 도망만 쳐야 할 것 같았다. 그런 세계는 완벽할 수가 없다. 기억 속 논디마를 향해 야구 배트를 내리치던 도준의 얼굴이, 어른어른 도율 자신의 것으로 바뀌었다. 무릎을 꿇고 앉은 논디마는 주혁이었다.

그것이 완벽한 디마가 되는 법이라면 선택해야만 했다.

맞은편에 앉은 남자가 담배 연기를 내뿜었다. 로아는 미간이 찌푸려지려는 것을 억지로 참았다.

"열일곱 살? 무슨 사연이 있어서 직업훈련 장소를 이탈했는지 모르겠지만 걱정할 것 없어. 여기 너 같은 애들 많아. 직업훈련 빡세게 해봤자 그 돈 다 보호자가 가져가잖아. 돈 좀 덜 받아도 여기서 일하면서 내가 번 돈 내가 쓰고 사는 게 낫지. 그래, 근무는 언제부터 가능하지?"

"지금부터 당장 가능합니다."

로아는 재빨리 답했다. 남자는 만족스러운 듯 고개를 끄덕거렸다.

"씩씩하고 좋네. 양 팀장아, 유니폼 챙겨주고 바로 일 투입해라."

양 팀장이라 불린 남자가 상자 안에서 비닐에 싸인 옷 한 벌을 집어 로아에게 건넸다.

"바로 옆이 탈의실이니까 갈아입고 2층으로 올라와."

로아는 옷을 받아 방을 나왔다. 관문 하나는 넘었다는 안도감에 한숨이 나오려는 걸 꾹 참았다. 작전은 이제부터다. 무사히 이 건물에서 벗어날 때까지 긴장의 끈을 놓아서는 안 됐다. 로아는 탈의실에 가 작전을 되짚으며 유니폼을 껴입고는 주머니 속을 만지작거렸다.

'일단 허진윤을 찾아야 해.'

주머니 속에는 태이가 건네준 회심의 무기가 들어 있다. 로아는 사진으로 익힌 진윤의 얼굴을 되새기며 2층으로 향했다.

2층 사무실은 묵직한 철문이 달려 있었고, 유리벽에는 짙은 선팅이 되어 있어 밖에서 안을 전혀 볼 수 없었다. 철문 앞에 양 팀장이 서 있었다.

"이건 입출 기록 카드다. 컴퓨터 전원 버튼 아래에 홈이 있으니 거기 꽂아. 근무시간 기록은 한 시간 단위로 되니까 잘 기억해 놔. 나중에 임금 덜 나왔다고 쓸데없이 보채지 말고. 보자, 지금이 저녁 8시 40분이지? 그럼 기록은 9시부터 되는 거야. 네 자리 번호는 26번이다. 앞으로 이름 대신 26번으로 불릴 테니 잘 외워둬. 들어가서 업무매뉴얼도 살펴보고. 원숭이도 말만 할 수 있으면 가능한 일이니까 어려울 건 없어."

로아는 카드를 챙겨 사무실로 들어갔다. 도서실처럼 칸막이 책상이 줄지어 놓인 사무실 안은 전화벨 소리와 사람들의 목소리로 가득 차 있었다.

로아는 자리를 찾는 척하며 사무실 안을 둘러보았다. 칸막이 안에 앉아 끊임없이 전화를 거는 사람들은 모두 10대 여자아이들이었다. 사무실 바깥쪽에 앉은 아이들은 초록색 유니폼을 입고 있었고, 안쪽에 앉은 아이들은 노란색 유니폼을 입고 있었다. 로아의 유니폼은 초록색이었다. 로아는 26번 자리를 찾아 앉았다. 책상에 놓인 업무매뉴얼에는 시간당 걸어야 하는 통화 수와 오늘 판매해야 하는 물건, 그리고 정해진 판매 멘트가 적혀 있었다.

"허진윤. 제대로 안 해?"

성난 고함 소리가 사무실 안에 울려 퍼졌다. 허진윤, 이름 석 자에 로아는 황급히 소리가 난 쪽을 돌아봤다. 노란색 유니폼을 입은 아이들이 모여 앉은 쪽, 양복은 입은 남자가 손에 든 파일로 한 아이의 머리를 내리치고 있었다.

"딴짓하다가 왔으면 더 제대로 해야지. 방금 그 통화는 뭐야? 노인네한테 뭐? 이딴 거에 속지 말라고? 아프지 말고 잘 지내세요? 아픈 노인네야말로 속여먹기 쉬운 먹잇감인 거 몰라? 왜 멘트대로 안 해, 멘트대로!"

"병원에 입원해서 돈도 없다는데 뭘 뜯어내라는 건데요? 그러다 그 할아버지 죽으면?"

"그딴 걸 네가 왜 신경 써!"

로아는 몸을 반쯤 일으켜 진윤을 살폈다. 꼿꼿이 고개를 들고 남자를 노려보고 있는 진윤의 얼굴은 사진과 같았다.

'좋았어. 허진윤 발견.'

로아가 다시 한번 진윤의 자리를 확인하려고 좀 더 몸을 일으키려는데, 옆에 앉은 아이가 로아의 옆구리를 찔렀다.

"얘. 너 처음 왔지? 빨리 앉아. 3분 이상 콜이 비면 경고받아. 경고 세 번이면 시급 깎이고. 뭣보다 노란 옷 입은 애들 일에는 관심 가지지 않는 게 최고야."

옆자리 아이는 시선을 모니터에 향한 채 랩이라도 하듯 빠르게 말을 쏟아냈다.

"노란 옷 애들?"

"쟤들은 보이스 피싱 하는 애들이야. 몇 달 전에 뉴스까지 탄 사건 있잖아. 사람 한 명 자살하게 만든 보이스 피싱. 그거 쟤네가 한 거야. 얽히면 위험해."

"거기, 잡담 금지!"

우악스러운 호통이 날아왔다. 옆자리에서 넘어오던 말소리는 끊겼다. 로아는 의자에 앉아 몸을 숙여 책상 아래쪽을 확인했다. 얼기설기 얽힌 전기선 아래에 콘센트가 파묻혀 있었다.

"거기 26번! 뭐 해!"

로아는 몸을 숙인 채 고개만 들었다. 진윤을 때리던 남자가 로아를 노려보았다.

"기록 카드를 떨어뜨려서요. 찾고 있어요."

"빨리 해! 혼나기 전에!"

"예. 서두를게요."

로아가 순순히 답하자 남자는 인상을 쓰면서도 더 이상 재촉하진 않았다. 로아는 아예 의자에서 내려가 책상 아래로 기어들어 갔다. 그러고는 주머니 안에서 회심의 무기를 꺼냈다. 가운뎃손가락 정도 크기의 플러그다. 전선이 연결되지 않은, 평범한 플러그. 특이한 점이라면 플러그 아래쪽이 검은 테이프로 둘둘 말려 있는 것 정도다.

'만약 이게 제대로 작동하지 않으면…….'

로아는 고개를 가로저었다. 상상도 하고 싶지 않았다. 아직도 낯설기만 한 이쪽 세계에서, 이런 조폭 같은 사람들에게 붙잡히면 절대 벗어날 수 없을 것만 같았다. 플러그를 쥔 로아의 손바닥이 땀으로 축축해졌다. 로아는 손목에 찬 시계를 봤다. 밤 9시가 되기 5분 전이다.

'9시야. 딱 그때까지 기다릴게. 9시가 넘으면 로아 네가 성공하지 못해도, 너만이라도 밖으로 나올 수 있게 작전을 실행할 거야. 날 믿어.'

가짜 구직자가 되어 잠입하기 전, 몇 번이고 당부하던 태이의 말이 떠올랐다. 로아의 한쪽 손을 끌어당겨 주먹을 쥐게 했던 손의 온기도 되살아났다. 주먹 쥔 손과 손을 부딪치며 미소

짓던 태이의 얼굴까지도.

'믿을 수밖에 없잖아. 아니지, 믿고 싶어.'

로아는 플러그에 콘센트를 꽂았다. 손바닥으로 꽉 힘을 줘 플러그를 밀어 넣고 책상 아래에서 기어 나온 순간, 사무실 전체가 깜깜해졌다. 사방에 울리던 벨 소리가 끊기고 웅성거림만이 커졌다.

"정전? 정전인가 봐. 웬일이야."

"이런 적 없잖아."

사람들을 감시하던 남자가 급하게 밖으로 나갔다. 로아는 남자와 양 팀장이 사무실 입구에 서서 이야기 나누는 모습을 힐끔 보고는 몸을 낮춰 진윤의 자리로 걸어갔다. 진윤은 다른 사람들처럼 느닷없는 정전에 어리둥절해하고 있었다.

"허진윤. 진윤아!"

로아가 목소리를 낮춰 부르자 진윤이 아래를 내려다보았다.

"너 누군데 나를 알아?"

어두워서 표정이 잘 보이지 않았지만 목소리만으로도 진윤이 경계하고 있다는 걸 알 수 있었다. 로아는 말없이 주먹 쥔 손을 뻗어 진윤의 손등을 두 번 툭툭 건드렸다. 어머! 의심이 아닌 반가움 섞인 탄성이 터졌다. 진윤은 냉큼 로아와 눈높이를 맞춰 쪼그려 앉았다.

"너 누구야? 처음 보는 얼굴인데 어떻게 우리 신호를 알아? 센터에 새로 온 사람인가? 나 구하러 온 거야? 맞지? 태이도 왔어? 왔겠지. 약속했거든. 나한테 무슨 일 있으면 꼭 구하러 와주겠다고. 태이는 거짓말을 하지 않아."

진윤이 신이 난 듯 조잘거렸다.

"쉿. 조용히 해. 출입문 근처로 가자. 들키지 않게."

"못 나가. 양 팀장이 딱 막고 있을걸."

"일단 따라와."

로아가 손짓하자 진윤은 순순히 뒤따라왔다. 두 사람은 오리걸음으로 입구 쪽에 다가갔다. 로아는 숨을 죽이고 문 너머를 살폈다. 빠끔히 열린 철문 틈으로 거친 목소리가 새어 들어왔다.

"예비 발전기가 왜 작동을 안 할까요? 지금쯤 복구가 되어야 하는데."

"내가 지하실 가서 살펴보고 올 테니까 넌 여기 남아. 혹시라도 밖에서 누구 못 들어오게 하고. 이전에 기자 하나가 기어 들어 와서 귀찮아졌던 거 기억하지? 형님들 예민하시다. 밖에서 무슨 낌새 보이면 바로 튀어 나가."

"애들 도망가면……."

"지들이 가봤자지. 허진윤 개야 병원에서 튀는 바람에 잡는 데 오래 걸린 거고. 이 근처는 전부 허허벌판인데 어딜 갈 수가 있겠어."

"알았습니다."

양 팀장의 목소리가 멀어졌다. 계획대로다. 로아가 작게 숨을 내쉬는데, 갑자기 문이 열리며 로아의 얼굴 위로 불빛이 쏟아졌다. 로아는 얼어붙었다. 고개를 들어 불빛을 비추는 상대를 확인할 엄두조차 나지 않았다.

"넌 뭐야? 왜 여기 앉아 있어? 자리로 돌아가!"

남자가 손에 든 휴대폰에서 뿜어져 나오는 불빛이 점점 가까워졌다. 사무실 안으로 들어온 남자가 로아를 향해 손을 뻗었다.

"옆에 허진윤이지? 저거 또 무슨 말썽을 피우려고."

남자가 로아의 멱살을 잡고 억지로 일으켜 세웠다. 버티려고 해도 일방적인 힘의 차이에 끌려 올라갈 수밖에 없었다. 로아의 몸이 허수아비처럼 힘없이 허공에 매달렸다. 숨이 막혀 왔다.

"이걸 아주……."

남자가 다른 손을 높이 들어 로아를 내리치려 할 때였다. 번쩍. 건물의 창문 밖에서 모든 어둠을 물리칠 듯 강렬한 빛이 쏟아졌다.

"뭐, 뭐야! 아, 씨……. 기잔가?"

남자는 로아를 집어 던지듯이 밀쳐내고는 급하게 사무실 밖으로 달려 나갔다. 로아는 바닥에 엎드려 켁켁, 마른기침을 했다. 진윤이 허둥지둥 로아를 일으켜 세워 등을 쓰다듬어 주었다.

"괜찮아? 저 자식 진짜 손버릇이 개야, 개."

"난 괜찮아. 가자. 곧 전기 들어올 거야. 꾸물거리면 안 돼."

태이가 건네준 회심의 무기는 강제 누전기로, 분전함에 일시적으로 전류를 누설해 누전차단기를 작동시키는 기계였다. 정전이 되면 밖에서 주의를 끌어 감시원을 유인할 테니 탈출할 것. 허술하기 그지없는 작전이었지만 이조차도 마루에서 나온 사람과 로아가 있었기에 시행할 수 있었다. 태이는 이미 콜센터 사람들에게 얼굴이 알려졌기에 일자리를 구하러 온 척 숨어들 수가 없었다.

로아는 몸을 일으켜 있는 힘껏 철문 손잡이를 당겼다.

"뛰자!"

로아가 진윤의 손을 잡자 진윤도 로아의 손을 꽉 마주 잡았다. 두 사람은 어두운 복도를 죽을 힘을 다해 뛰었다. 계단을 내려와 건물 밖으로 나올 때까지 오직 발이 땅을 딛는 감각과 맞잡은 손에서 느껴지는 서로의 무게만이 생생했다. 밖에서는 번쩍이는 빛이 건물 주변을 돌고 있었다. 바이크에 거대한 조명을 싣고는 뱅뱅 커다란 원을 돌던 사람이, 로아와 진윤쪽으로 손을 흔들어 보였다.

"태이?"

로아는 잠시 멈춰 서서 그 빛을 눈으로 좇았다.

"얘. 어디로 가야 돼?"

진윤이 로아를 재촉했다. 정신을 차린 로아는 약속한 대로 건물 바깥쪽에 무성한 수풀 안으로 향했다. 수풀 안에서 차 한 대가 두 사람을 기다리고 있었다. 운전석 창문에서 불쑥 튀어나온 손이 마구 손짓을 했다.

"저 차야. 타자!"

두 사람이 올라타자마자 차는 기다렸다는 듯이 수풀을 빠져나가 단숨에 건물에서 멀어졌다. 로아는 창문을 내리고 창밖으로 길게 고개를 빼 뒤를 봤다. 건물 주변을 도는 빛의 꼬리가 긴 잔영을 남기며 이어졌다.

'바다를 향해 떨어지는 유성 같아.'

로아는 그 빛에서 눈을 뗄 수 없었다.

"만세! 다시 자유다! 역시 태이야. 내가 잡혀가도 하루가 지나기 전에 꼭 구하러 와준다고 약속했거든. 믿고 기다리라고. 리스트 컷 하지 말라고."

로아의 옆에서 진윤이 두 팔을 번쩍 들며 경쾌하게 외쳤다.

"리스트 컷?"

로아는 창문으로 내밀었던 고개를 돌려 진윤을 봤다.

"이거."

진윤이 자신의 팔을 가리켰다. 그곳에는 붉고 가느다란 상처가 잔뜩 남아 있었다.

"태이는 괜찮을까?"

"괜찮을 겁니다."

운전석에서 앉은 사람이 대답했다. 로아는 그제야 앞을 봤다. 마루에서 누군가 차를 가지고 도와주러 올 거란 말을 들었지만 만나보진 못한 터였다.

'저게 뭐지?'

로아는 운전석 의자 위로 뾰족 솟아오른 귀를 봤다. 어두운 차 안에서 봐도 토끼의 귀로만 보였다.

"괜찮을 거라 믿는 쪽을 선택한 거니까요."

"선택이요?"

"믿음도 선택이지요."

로아는 다시 창밖으로 고개를 내밀었다. 토끼 귀 따위는 어찌 되든 좋았다. 그저 태이가 무사했으면 했다. 오로지 타인에 대한 걱정으로 온 마음이 차오르는 것은 처음이라 당혹스러울 정도였다. 창밖의 건물은 점점 작은 점으로 변해 멀어졌다.

"그렇다면…… 나는 이미 선택했어요."

그 점에서 어스름한 빛이 솟아올라 로아가 탄 차를 뒤따라왔다. 작전 성공. 로아는 허공을 향해 주먹을 내밀어 보였다.

도율은 주차장 한쪽에 서서 가만히 어둠을 노려봤다. 콧노래를 부르며 바이크로 다가오던 도준은 바이크에 탄 후에야 도율을 발견하고는 흠칫 놀랐다.

　　"뭐 하냐, 여기서?"

　　"교육하러 가는 거지? 나도 같이 가. 이번엔 끝까지 보고 싶어."

　　도율은 도준의 바이크 뒤에 올라탔다.

　　"무슨 심경의 변화야? 왜, 혼내주고 싶은 논디마라도 생긴 거야?"

　　도준은 도율을 밀어내지 않고 시동을 걸었다. 도율은 대답하지 않았다. 새카만 증오가 내려앉은 눈으로 앞을 응시할 뿐이었다.

쉬프팅 5Day
머물고 싶은 곳

"싫어! 유령은 되고 싶지 않아!"

날 선 목소리가 로아를 깨웠다. 로아는 끙, 앓는 소리를 내며 몸을 일으켰다. 어제저녁, 플레이 그라운드로 돌아오자마자 긴장이 풀려 쓰러지듯 잠들었다. 이쪽 세계에 온 뒤로 단 하루도 깊이 잠들지 못해 피로가 쌓여 있었다. 로아는 주변을 둘러보았다.

'플레이 그라운드의 방이구나. 누가 날 옮겨줬나 봐.'

로아는 베개에 등을 기대고 앉아 잠시간 방 안의 낯선 공기에 녹아들었다.

"싫다고!"

"진윤아, 제발 진정해. 다시 잡혀가지 않으려면 그 방법밖에 없어."

"사회보장 번호가 말소되면 업소에서 진윤 씨를 데려갈 법적 근거가 없어집니다. 그럼 그때는 명백하게 유괴가 되지요. 그쪽도 일이 복잡해지는 건 원하지 않으니까, 그렇게 되면 더 이상 손대지 않을 겁니다."

문밖에서 두런두런 말소리가 들려왔다. 로아는 자리에서 일어나 밖으로 나갔다.

'토끼네. 역시 토끼였어.'

복도에는 태이와 진윤, 그리고 토끼 가면을 쓴 사람이 모여 있었다. 어제 차 안에서 잘못 본 게 아니구나 싶었다. 토끼 가면을 쓴 사람이 로아에게 꾸벅 인사를 했다.

"마루에 소속되어 법적 상담을 돕고 있습니다. 래빗이라고 부르세요."

"예……. 저기, 그……."

그 가면은 뭔가요, 라고 물으려는데 진윤이 냉큼 로아의 옆으로 다가오더니 팔짱을 꼈다.

"애, 일어났니? 너 이름이 뭐더라?"

"로아. 나로아."

"로아야, 넌 내 편이지? 어제 나 구하러 와줬잖아. 너도 말 좀 해줘. 태이랑 래빗이 나보고 유령이 되라잖아."

"유령?"

무슨 말인가 싶어 되묻자 진윤은 입을 비죽거렸다.

"그래. 너무하지? 유령 되면 아무것도 못 한단 말이야. 살아 있어도 죽은 사람이 된다고."

로아의 얼굴에 떠오른 당혹스러움에 래빗이 입을 열었다.

"사망신고를 해서 사회보장 번호가 말소된 상태를 여기선 유령이라고 부릅니다. 아무리 해도 포기 각서를 받을 수 없는 경우에 쓰는 임시방편이지요. 사회보장 번호가 말소되면 보호자와의 관계가 소멸되니 그쪽에서 강제로 데려가지 못합니다. 대신에 통신이나 의료, 취업 등에서 불이익이 생기죠. 휴대폰을 개통하는 데도 사회보장 번호가 필요하니까요. 의료 등은 우리 쪽에서 최대한 지원을 합니다만 아무래도 불편함을 완전히 해소하기는 어려워요."

한마디로 사회적으로 죽은 사람이 되는 거였다. 그래서 유령이라 부르는 걸까. 로아가 설명을 듣는 동안 진윤의 눈에는 눈물이 차올랐다. 진윤은 자리에 털썩 주저앉아 떼를 쓰는 어린아이처럼 발버둥 쳤다.

"유령은 되고 싶지 않아! 회복도 성인이 되어야 가능하잖아. 2년이나 남았단 말이야!"

"진정해, 진윤아. 자, 숨 한번 크게 쉬자."

태이가 진윤을 달랬지만 진윤의 울음소리는 더욱 커질 뿐이었다.

"회복은 어떻게 하는 거예요?"

로아가 묻자 래빗은 잠시 뜸을 들였다가 입을 열었다.

"정정 신청을 하는 방법이 있긴 한데 잘 받아들여지진 않아요. 그래서 보통 타인의 사회보장 번호를 구입하는 방법을 쓰죠. 생활이 어려운 집에서 가족구성원이 사망했을 때 사망 신고를 하지 않는 방법으로 사회보장 번호를 남겨두었다가 팔곤 합니다. 노숙자들이 공공연하게 팔기도 하고요. 이미 마켓이 형성되어 있어서 구하는 게 어렵지는 않습니다."

"그럼 그건, 불법……."

"마켓에 수수료를 내고 거래하는 건 합법입니다. 그래서 노숙자를 대상으로 사회보장 번호를 빼앗고 집단 감금하는 범죄가 고질적인 사회문제로 지적되고 있죠."

"예? 합법이라고요? 수수료를 어디에 내는데요?"

"국가에 냅니다. 그 사업의 운영도 디마이가 대행하고 있고요."

"그건 뭐랄까……. 할 말이 없네요."

"국가가 돈 때문에 아이들의 교육을 포기한 시점에서 이 나라는 이미 어딘가 이상해진 거죠. 너무 급하게 망가져서 다들 무엇이 망가졌는지 살펴볼 틈도 없던 겁니다."

래빗의 귀가 화가 난 듯 앞뒤로 흔들렸다.

"저, 센터…… 그러니까 마루라는 곳에 소속된 사람들은 다 쓰는 건가요, 그 가면."

래빗이 고개를 가로저었다.

"아뇨. 전 디마이 출신이거든요. 지금은 아이디마이 계열사에서 근무하고 있어요. 마루에서의 활동은 자원봉사고요. 센터 일을 돕는 걸 회사에 들키면 안 되니까 쓰는 겁니다."

"그럼 이 안에서는 벗어도 되는 거 아니에요?"

"얼굴을 숨기려는 이유에서만 쓰는 건 아니라서요."

"그럼 왜 쓰는데요?"

래빗이 잠시 머뭇거리다가 입을 열었다.

"부끄러워서요……."

로아는 뭐가요, 라고 되묻지 않았다. 가면 때문에 표정이 보이지 않는데도 래빗이 정말로 부끄러워하는 게 느껴져서 그 이상 무엇도 물을 수가 없었다.

"로아야, 네 생각은 어때? 아무리 그래도 유령은 너무하지 않아? 응?"

발버둥을 멈추고 일어난 진윤이 다시 로아의 팔을 붙잡으며 하소연했다.

"왜 그렇게 유령이 되는 게 싫은 건데?"

"그야 죽은 사람 취급이니까. 나중에 다른 사람 번호 사면 이름도 바꾸어야 하잖아."

"이름 바꾸는 게 뭐 어때. 좋잖아. 내가 원하는 이름을 가질 수 있는데."

"그런가……."

"나라면 완전 멋진 이름을 한 열 개쯤 지을 거야. 그중에 뭐로 정할까 고민하는 일 진짜 즐거울 것 같아. 날 잘 알지도 못하는 보호자가 지은 이름보다야 내가 지은 이름이 진짜지. 안 그래?"

로아는 짐짓 진윤이 너무나 부럽다는 듯한 말투를 꾸며냈다. 진윤은 눈물 자국이 남은 눈가를 손등으로 쓱쓱 닦고는 밝게 외쳤다.

"그래. 네 말이 맞아. 나, 진윤이란 이름 별로야. 촌스러워. 좋다! 내가 지은 내 이름."

기꺼이 유령이 되겠노라 선언하는 진윤을 향해 로아는 짝짝 박수를 쳐주었다. 래빗이 진윤에게 다가가 서류에 서명을 받았다. 태이가 로아의 옆에 오더니 감탄했다.

"재주 좋다, 너."

태이가 주먹을 내보였다. 로아는 빙긋 웃으며 주먹을 맞부딪쳤다.

"한 건 해결했으니까 본격적으로 해보자."

"뭘?"

"나의 디데이."

태이는 손가락으로 자신과 로아를 번갈아 가리켰다.

"그리고 너의 귀가를 위한 회의."

디데이는 '소리치는 날'이다.

플레이 그라운드를 철거하겠다는 통지가 온 것은 반년 전이었다. 외국자본 유치가 확정되면서 그동안 유야무야 무산됐던 유원지 설립 계획이 급진전된 것이다. 그동안 철거 통지를 막아주던 온갖 방법도 이번에는 통하지 않았다.

"이번 연말까지만 기다려달라고 사정해도 막무가내야. 올해 말에 플레이 그라운드를 다른 곳으로 옮길 계획을 추진하던 중이었거든."

태이가 탁자 한가운데에 사진 몇 장을 펼쳐 놓았다. 사진을 본 로아는 작게 탄성을 질렀다. 사진 속 건물이 눈에 익었다. 이전에 학교에서 직업 체험을 하러 갔던 출판단지였다. 숲에 둘러싸인 작은 도서관에서 빵을 먹으며 책을 읽던 기억이 떠올랐다. 그 도서관이 사진 속에 있었다.

"어! 저거 도서관 맞지? 이쪽 세계에는 도서관이 없는 줄 알았어."

"외환위기 후에 공교육 시스템이 무너지면서 거의 다 사라졌었어. 출판사도 대부분 사라졌고. 아이디마이가 출판 시장도 독점했거든. 이 도서관도 많은 사람이 힘을 합쳐 간신히 지켜낸 거래. 센터와 도서관이 공동체 교육을 위한 마을을 준비하고 있어. 플레이 그라운드는 그 마을로 옮겨 갈 거야."

이쪽 세계의 나로아가 알아보고 있던 게 저거구나. 로아는 고개를 끄덕거렸다.

"하지만 공사가 끝나기 전까지는 여기서 버텨야 해. 몇 달간 임시 거주할 장소를 빌릴 만한 예산이 없거든."

이쪽 세계에도 도서관이 있다. 그리고 어쩌면 학교 비슷한 것이 생길지도 모른다. 그 사실에 로아는 이상하리만치 가슴이 설레었다.

"뭐야. 둘이 무슨 이야기 해?"

진윤이 회의실로 들어와 탁자에 걸터앉았다. 진윤은 손에 든 과자 봉지를 북 뜯더니 과자를 한 움큼 집어 로아에게 건넸다.

"디데이에 관해서 이야기 중이었어. 율이 만나러 가려고."

"율이? 차주혁이 율이 봤다고 하던데."

진윤의 입에서 나온 '차주혁'이라는 이름에 로아는 깜짝 놀랐다.

'박도율이 차주혁을 만났다고?'

교실에서 도율을 괴롭히던 주혁과 가끔씩 주혁을 무섭게 노려보던 도율이 떠올랐다. 이쪽 세계의 주혁은 그 주혁이 아니다. 그걸 알면서도 두 사람이 만났다는 말을 듣자 불길한 예감이 들었다.

"차주혁이? 어디서?"

"차주혁이 일하는 카센터 근처. 차주혁이 디데이 이야기 하면서 아는 척했더니 갑자기 미친 사람처럼 도망갔대. 왜 그 랬지? 율이, 차주혁하고 그럭저럭 친하잖아?"

로아는 잠자코 손바닥에 놓인 과자를 먹었다. 이쪽 세계의 주혁이 어떤 사람인지 궁금했지만 진윤이 있는 자리에서 물 어볼 순 없었다. 그랬다가는 진윤에게 쉬프팅에 대해 털어놓 아야 할 수도 있는데, 말했다가는 괜히 이상한 애 취급을 받을 것만 같았다.

"율이는 디데이에 꼭 필요해."

디데이의 계획은 이랬다. 플레이 그라운드 철거 예정 하루 전날에 UN에서 크로스 로드를 중심으로 서울을 소개하는 행 사가 전 세계에 생방송으로 중계된다. 'UN 올해의 학생'에 대 한민국 후보가 선정된 기념이다. 플레이 그라운드는 이 방송 을 철거 항의시위에 이용할 작정이었다.

"여기가 디마이야."

태이가 탁자에 펼쳐진 지도에서 한곳을 짚었다.

"디마이 안에 커다란 동상이 있어. 아이디마이 창립자 동 상. 동상 머리 위에 작은 옥상이 있는데, 디데이 때 그 동상 머 리 위와 플레이 그라운드에서 동시에 폭죽을 쏘아 올릴 거야.

그날 UN 행사 카메라가 디마이를 포커싱 할 테니 폭죽을 쏘는 장면이 분명 찍힐 거야. 동시에 다른 곳에서 똑같은 폭죽이 터지면 또 다른 이벤트인가 싶어서라도 플레이 그라운드 쪽을 비추겠지."

지도 위를 미끄러지던 태이의 손가락이 다시 한 곳에 멈췄다. 붉은 동그라미가 그려진 곳은 플레이 그라운드가 있는 디자인플라자 일대였다.

"카메라가 플레이 그라운드에 머물게 만들면 성공이야. 폭죽을 쏘아 올린 직후에 디자인플라자를 중심으로 우리 쪽 사람들이 초를 들고 나와 거리에 커다란 글자를 만들 거야. 일종의 플래시 몹이지."

태이의 손가락이 허공에 'E·F·A'라는 글자를 그렸다. 모두를 위한 교육, 'Education For All'의 약자다. 그 광경과 함께 플레이 그라운드의 상황이 전 세계로 송출된다면, 플레이 그라운드의 철거가 조금이나마 미뤄질 수도 있다.

"교육 차별을 주도하는 디마이의 상징을 역이용한다는 점에서도 의미가 있지."

"글자를 만들 만큼 사람이 모였어?"

태이가 싱긋 웃었다.

"나도 사람 모으는 게 힘들 줄 알았거든? 그런데 아니었어. 이 근처에 사는 사람들 대부분이 동참해 주겠다고 나섰어. 가면을 쓰고 참가해도 되냐고 물어보는 사람들도 많아. 다들 방법을 모르거나 당장의 불이익이 무서워서 순응하는 척하고 있지만 사실은 디마이 시스템에 불만이 있는 거지.”

계획은 착착 진행되었다. 율의 연락이 끊기기 전까지는 말이다. 이 계획을 실행하려면 누군가는 디마이 안으로 들어가 동상 머리 위에 올라야 했다. 디마이 출입이 가능한 디마이증을 가지고 있고, 플레이 그라운드와 뜻을 같이하는 사람. 그게 율이었다.

“율이를 만나러 갈 거야.”

율이 없으면 폭죽은 터지지 않는다. 로아는 지도에 그려진 붉은 동그라미를 손가락 끝으로 따라 그렸다.

“걔는 율이가 아냐.”

“네 말을 믿지 않는 건 아니야. 그래도 나는 확인해야 해. 그리고 내가 알아봤는데, 로아 네가 집으로 돌아가기 위해서라도 박도율은 만나두는 게 좋아.”

“무슨 뜻이야?”

로아의 손가락이 멈췄다. 자신의 손을 뿌리치던 도율의 뒷모습이 떠올랐다. 두 번 다시 마주치고 싶지 않은데, 만나야 한다니.

“도시 괴담에도 여러 버전이 있잖아. 혹시 제로 넘버 엘리베이터에 대한 힌트가 없을까 해서 찾아봤거든. 역 쉬프팅 중에 다른 버전이 하나 더 있더라고."

"뭔데?"

"쉬프팅 할 때와 역 쉬프팅 할 때, 두 경우의 모든 조건이 같을 것."

"그러니까…… 이쪽 세계에 올 때 박도율과 함께였으니 돌아갈 때도 박도율이 있어야 한다는 거구나."

"맞아. 여태 제로 넘버 엘리베이터를 찾을 수 없는 건 그 조건이 맞지 않아서일 수도 있어."

그럴싸한 가정이었다. 로아는 저도 모르게 인상을 썼다.

"걱정 마. 같이 가자."

태이와 함께라면 괜찮을 것만 같았다. 물줄기를 모아 바다를 만들어내겠다던 아이. 찌푸렸던 얼굴에 미소가 떠올랐다. 그 순간, 가만히 앉아 있던 진윤이 쾅 탁자를 내리쳤다.

"알아들을 수가 없어! 왜 나 빼놓고 둘이서만 이야기해?"

진윤의 눈에서 작은 불꽃이 타닥타닥 튀어 올랐다.

"율이가 박도율이 아니란 건 무슨 말이야? 쉬프팅? 그건 뭔데!"

쾅. 진윤이 다시 주먹으로 탁자를 내리쳤다.

"왜, 왜, 왜! 왜 나만 빼! 왜 둘이서만 이야기해. 왜!"

"그만. 그만해, 진윤아."

"혼자 두지 마. 혼자인 거 싫어!"

태이가 말려도 소용없었다. 진윤은 계속해서 소리를 지르며 탁자를 내리쳤다. 진윤의 손이 빨갛게 부어올랐다.

"잠깐, 잠깐만. 진정해. 다 말해줄게."

로아는 허둥지둥 진윤의 양손을 꽉 붙잡았다.

"말해줘, 그럼."

"세수하고 오면 해줄게. 너 지금 귀신 같아."

진윤은 좀비처럼 탁자에서 기어 내려가 회의실 밖으로 나갔다. 한바탕 폭풍이 휩쓸고 간 듯했다.

"미안. 진윤이가 지금 좀 불안정해. 그동안 상담하면서 많이 진정된 줄 알았는데……."

"상담?"

"신경불안증을 앓고 있는데, 그게 심해지면 저렇게 패닉이 와. 며칠 전 사건 때문에 불안이 높아졌나 봐. 그래도 저렇게 소리치고 떼쓰는 게 나아. 전에는 아무 표현도 하지 않고 구석에서 혼자 자기 팔을 긋고 있었어. 콜센터에 있는 동안 기숙사 밖으로 외출이 자유롭지 못했는데, 자해를 해서 상처가 생기면 병원에 가야 하니 나갈 수 있었다더라."

회의실 문이 열리고, 진윤이 수건으로 얼굴을 박박 문지르며 들어와 앉았다. 진윤은 빨리 말해주지 않으면 다시 소동을 일으키겠다는 듯 로아를 노려보았다. 로아는 태이에게 했던 이야기를 되풀이했다. 도율과 함께 쉬프팅을 하게 된 그날의 이야기를. 그러면서 로아는 자신의 변화를 깨달았다. 태이에게 이야기할 때는 온몸이 절망의 늪에 가라앉은 듯했는데, 지금은 그런 기분이 들지 않았다.

'제로 넘버 엘리베이터를 찾으면 돌아갈 수 있을 거라 믿어서일까? 아니면……'

로아는 탁자 맞은편에 앉은 태이를 힐끔 쳐다보았다.

"뭐야, 이 허무맹랑한 이야기는. 그걸 믿으라고?"

진윤이 어이없다는 듯 꾹 다물고 있던 입을 열었다.

"뻥을 쳐도 정도껏 쳐야지. 모두가 디마이에 갈 수 있는 세계라니. 그런 게 어디 있어? 나라에서 그 비싼 교육비를 왜 내줘? 그런 건 잘사는 외국에서나 가능한 거랬어. 우리나라에서 그렇게 무분별한 복지정책을 펴면 다 같이 망한대. 태이 너는 상상이 돼? 그런 세계가?"

진윤의 말에 태이는 잠시 생각에 잠겼다.

"나도 상상은 잘 안 돼."

창을 통해 들어온 햇살이 탁자 위에 갈라진 빛줄기를 만들어냈다.

"하지만 상상하고 싶어."

가로수 그늘이 훌륭한 은신처가 되어주었다. 로아와 태이는 디마이로 향하는 길 위로 늘어선 가로수에 기대어 서서 도율이 나타나기를 기다렸다.

도율을 만나러 가자. 회의실에서 내린 결론은 결국 그것이었다. 태이는 도율이 정말 율이 아닌지 확인해야 했고, 로아는 도율에게 원래의 세계로 돌아갈 의향이 있는지 물어봐야 했다. 이쪽 세계에서 며칠을 보내는 동안, 어쩌면 도율은 돌아가고 싶지 않을 수도 있겠다는 생각이 들었다. 이쪽 세계의 도율은 디마다. 선택받은 아이가 된 것이다.

'박도율은…… 학교를 그다지 좋아하지 않았던 것 같아.'

몇몇 단편적인 장면들이 떠올랐다. 등교를 할 때 도율이 교문 앞에서 한참이나 미적거리며 서 있던 모습, 쉬는 시간 동안 혼자 책상에 엎드려 있던 모습, 주혁에게 괴롭힘당한 후 교실 창문 밖을 바라보던 모습…….

한번은 진로상담 차례가 되어 수업이 다 끝나고도 교실에 앉아 있다가 도율과 스치듯 대화를 나눈 적이 있었다. 도율은 학원 문제집을 교실에 두고 나온 바람에 되돌아왔다고 했다. 텅 빈 교실에 혼자 앉아 있던 로아를 보고는 "싫겠다. 학교 끝났는데 남아 있는 거."라고 말을 건 도율에게, 로아는 "아냐, 괜찮아. 나 학교 좋아해."라고 대답했다. 도율은 믿을 수 없다는 듯 되물었다. "학교가 좋다고?" "응. 좋아. 집에 가는 게 더 싫거든." "나도 집을 썩 좋아하진 않지만……. 그래도 학교가 더 싫은데." 그때 도율의 표정은 로아가 바퀴벌레를 봤을 때의 표정과 비슷했다.

'그때 박도율이 그랬잖아. 자기도 집은 싫다고.'

원래 세계에 도율이 돌아가고 싶은 장소는 없는 게 아닐까.

'나도 학교만 아니라면…….'

마음 깊숙한 곳에서 떠오른 진심이었다. 로아는 흠칫 놀라 허둥지둥 진심을 다시 밀어 넣었다.

"나왔다. 저기, 율이야."

태이가 가로수 그늘 밖으로 나가 디마이 쪽을 가리켰다. 도율이 대여섯 명의 아이들과 어울려 나오고 있었다. 로아는 쉽사리 나무 뒤에서 나갈 수가 없었다. 도율에게 물어보는 것이 두려웠다.

'만약에, 박도율이 돌아가고 싶지 않다고 하면 어쩌지?'

로아가 나무 뒤에서 망설이는 사이, 도율은 태이의 앞까지 걸어왔다. 태이를 본 도율이 걸음을 멈췄다.

"태이 형?"

"율아, 디데이 기억해?"

"디데이? 그게 뭔데요? 그나저나 형, 형은 여기서……. 아니다. 그…… 형도 논디마예요?"

탐색하듯이 캐묻는 도율의 모습에 태이는 씁쓸한 미소를 지으며 나무 뒤에 선 로아의 소매 끝을 잡아당겼다.

"네 말이 맞아. 쟤는 율이가 아니야. 확실해졌어. 그러니 이제 네 차례."

로아를 본 도율은 황급히 함께 있던 친구들의 눈치를 보며 "먼저 가." 하고 말했다. 하지만 도율의 친구들은 자리를 떠나지 않고 버티고 서서 로아를 바라보며 무어라 소곤거렸다.

"저쪽 가서 이야기하자."

도율이 앞장서서 가로수 길을 빠르게 걸어 내려갔다. 로아도 그 뒤를 따라갔다. 도율은 길 아래쪽 도로변에 위치한 버스 정류장에 들어갔다. 투명한 유리로 삼면이 막힌 네모난 부스 창에 콘서트 포스터 따위가 붙어 있어 밖에서는 안이 잘 보이지 않았다. 로아와 도율은 부스 안에 서로 마주 보고 섰다.

"나로아. 전에는 내가……."

"돌아가는 방법을 찾았어."

로아는 도율의 말허리를 자르고 급히 말했다.

"뭐?"

"이곳에 올 때와 모든 조건이 같아야 하는 것 같아. 그러니까 우리, 함께해야 돼. 제로 넘버 엘리베이터를 찾는 것부터 시작하자. 플레이 그라운드에……."

"내가 왜?"

이번에는 도율이 로아의 말허리를 끊었다.

"난 돌아가지 않아."

로아는 두 눈을 질끈 감았다. 두려워하던 일이 현실이 된 순간이었다.

"난 이쪽 세계가 훨씬 좋아. 너야 집도 잘살고 학교에 친구도 많았으니 원래 세계가 좋겠지. 아무 문제도 없었으니까. 하지만 내게 학교는 지옥이었어."

"내가 아무 문제도 없다고? 네가 뭘 알아?"

도율은 흥, 콧방귀를 뀌었다.

"왜, 나는 아무것도 몰랐을 것 같아? 착각하지 마. 여기선 내가 너보다 위야."

"위라니? 우리끼리 위아래가 어디 있어?"

"거짓말하지 마!"

도율의 목소리가 거칠어졌다.

"나로아, 너도 네가 위라고 생각했잖아? 내가 널 좋아하는 거 같다고 다른 애들이 말할 때마다 질색했던 거, 내가 몰랐을 줄 알아?"

거친 목소리에 빈정거림이 섞였다.

"날 도와줬던 것도 착한 척하려고 그랬던 거겠지. 하지만 여기선 그럴 수 없을 거야. 넌 아무것도 가진 게 없을 테니까. 여기서 계속 지내면서 네가 형편없는 사람이라는 걸 깨닫는 게 어때?"

버스 한 대가 정류장에 멈춰 섰다가 다시 떠났다. 자욱한 먼지 앞에서 두 사람은 잠시 입을 다물었다. 로아는 몇 번 마른기침을 내뱉었다. 아무리 기침을 해도 가슴의 답답함이 사라지지 않았다.

"너 진짜 바보구나."

로아는 마지막 기침을 내뱉은 후 헛웃음을 지었다.

"뭐?"

"겉으로 보이는 게 그 사람의 전부가 아니야. 누구든 옷장 안에 해골을 감추고 있어."

로아는 도율에게 쏘아붙이고는 정류장 밖으로 나갔다. 눈물이 나오는 걸 참으려고 눈가를 손등으로 꾹 누르며 선 로아의 앞에 바이크가 멈춰 섰다.

"집에 가자."

"집?"

"플레이 그라운드. 지금은 거기가 너한테도 집이잖아."

로아는 태이가 내민 헬멧을 받아 들고 머리에 썼다. 크로스 로드에 왔을 때처럼 바이크 뒷자리에 앉아 태이의 어깨를 꽉 붙잡았다. 집. 그 한마디 말만이 로아를 버티게 해주었다.

이 엘리베이터도 아니다. 로아는 손전등을 비춰 엘리베이터 번호판을 확인하고는 한숨을 내쉬었다. 이번에도 제로 넘버는 찾지 못했다.

"애들이 비어 있는 건물에서 불빛 어른거린다고, 귀신 나온 거 아니냐고 난리 났어."

더 환한 빛이 로아의 등 뒤에서 비쳤다. 로아는 한 손으로 눈 위에 작은 차양을 만들어 빛 속에 선 사람을 보았다.

"김태이?"

태이는 손전등을 끄고 로아에게로 다가와 불쑥 손을 내밀었다. 손에는 머그 컵이 들려 있었다.

"저녁 8시는 간식 시간이야. 오늘의 간식은 코코아."

"내 몫도…… 있어?"

"당연하지. 애들이 너 기분 안 좋아 보인다고, 꼭 가져다주라고 하더라."

"착하기도 하지."

로아는 태이가 내민 컵을 받아 들었다. 도율을 만나고 온 후, 로아는 한참이나 멍하니 앉아 있다가 디자인플라자 안에 있을 제로 넘버 엘리베이터를 찾아 나섰다. 이미 밤이 되어 주변이 어둑했지만 멈출 수가 없었다. 아무것도 하지 않으면 억지로 밀어 넣은 진심이 다시 튀어나올 것만 같았다.

"착하다기보다는, 여기 애들은 다 비슷하니까."

"비슷하다고?"

"있을 곳을 찾기 위해 고군분투하는 전사들."

전사의 밤을 위해 건배. 태이가 익살스럽게 외쳤다.

"어우, 유치해."

로아는 질색을 하면서도 태이를 따라 건배했다. 따뜻한 코코아가 목 아래로 흘러 들어왔다. 모든 걱정을 잊게 해주는 달콤함이었다.

'이곳에 남고 싶어⋯⋯. 플레이 그라운드에.'

로아는 더 이상 자신의 진심을 외면할 수가 없었다. 처음부터 이곳이, 이곳 아이들이 너무나 친숙하게 느껴졌다. 원래 세계의 친구들보다 훨씬 더. 이유를 알 수 없어 혼란스럽던 마음이 태이의 말과 함께 코코아 속에 녹아 로아의 몸 안으로 퍼져 나갔다. 같은 방식으로 숨을 쉬는, 닮은 상처를 끌어안고 있는 아이들. 이 아이들과 함께라면 마음껏 숨 쉴 수 있을 것만 같았다.

어두운 건물 한쪽에서 사납게 가라앉은 눈빛이 짐승의 그것처럼 반짝이는 것을, 로아도 태이도 미처 눈치채지 못했다.

믿는 대로 선택하라

또다시 옷장이 나타났다.

로아는 눈앞에 나타난 옷장을 노려봤다. 발바닥에 모래의 까끌까끌한 감촉이 느껴졌다. 이건 꿈이다. 꿈인 줄 알고 꾸는 꿈, 자각몽이다. 이게 꿈인 걸 아는 이유는 이전에도 꿨던 꿈이기 때문이다.

도와달라고 말하기를 포기했던 여덟 살, 그즈음에 『나니아 연대기』를 봤다. 옷장 문 너머 다른 세계로 간 아이들의 이야기였다. 그 영화를 보고 한동안 계속 같은 꿈을 꿨다. 메마른 모래가 깔린 새하얀 공간에 옷장이 동그마니 놓여 있는 꿈이었다. 로아는 그 옷장 앞에 서서 망설였다. 옷장 문을 열까 말까. 이 옷장을 열면 다른 세계로 갈 수 있지 않을까. 도망칠 수 있지 않을까. 그런 기대감에 가슴이 두근거렸다.

하지만 옷장 문을 연 적은 없었다. 문을 열었다가 아무것도 없으면 또다시 실망하게 될까 봐 두려웠다. 그렇게 될 바에야 열지 않겠다고 마음먹었다. 어차피 누구도 도와주지 않을 것이다. 그러니 참고, 참고, 참는 것 말고는 방법이 없다며 모래 위에 웅크려 앉았다. 앉아 있는 사이에 몸이 버석하게 마르고 흩날려 모래에 섞여들면 비명을 지르며 꿈에서 깨어났다.

언제부턴가 꾸지 않게 된 꿈이었는데…….. 로아는 옷장 문고리를 꽉 움켜잡았다.

'이걸 열면…….'

무언가 바뀔까? 아무것도 바뀌지 않을까? 문고리를 잡은 손에 더욱 힘이 들어갔다.

'이미 바뀌었잖아. 이미 다른 세계에 왔잖아. 그러니 더 실망할 건 없어.'

로아는 굳게 마음을 먹고 옷장 문을 단숨에 열어젖혔다. 활짝 열린 문 안에서 한 무리의 물고기들이 쏟아져 나왔다. 커다랗고 화려한 가지가색의 물고기들. 붕고기들은 자유롭게 허공을 헤엄쳤다. 로아는 그 춤사위를 흘린 듯 바라보다가 옷장 안에서 느릿느릿 헤엄쳐 나오는 은빛 물고기 한 마리를 발견했다. 어딘가 휘청거리는 듯한 움직임이었다. 로아 앞으로 다가

온 은빛 물고기의 아가미 부분에는 작은 구멍이 뚫려 있었다.

"아가미를 다쳤구나, 너. 그러면 친구들과 함께 있기는 힘들 거야."

꼭 나 같네. 로아는 은빛 물고기를 내려다보며 중얼거렸다. 아가미가 망가진 물고기.

로아는 친구들과 있을 때면 종종 자신이 잘못된 곳에 있는 건 아닐까 생각하곤 했다. 집에 있을 때처럼 갈증이 일지는 않았지만 혼자만 아가미가 망가진 바닷물고기가 된 듯했다. 바닷물고기는 아가미로 소금을 거른다. 바다에는 소금이 너무 많다. 필요 이상으로 많다. 그렇기에 바다에 사는 물고기들은 필요한 만큼의 소금만 몸에 남기고 나머지는 아가미를 움직여 배출한다. 그런 아가미가 망가지면 어떻게 될까. 그 물고기는 계속 바다에 살 수 있을까. 어떻게든 몸에 소금이 쌓이지 않게 숨을 참고 또 참을 것이다.

좋아한다. 좋아하는 것이 없으면 매일을 버티기 힘들어서, 학교를 바다라 여겼다. 숨 쉴 수 있는 장소로 만들었다. 그러나 고등학생이 된 후 친구들과의 대화에 대학이나 미래에 대한 내용이 늘어나면서 점점 더 버티기가 힘들어졌다. 친구들은 의미 없는 투정을 내뱉었다. "아빠가 원하는 대학 못 가면 재수하라고 하더라." "나도. 돈 걱정은 하지 말라는데 돈이 문제야? 내 청춘이 문제지." 친구들은 서로 시답지 않은, 진짜가 아닌 불안이나 불만을 털어놓는 것으로 고등학교 생활을 버티려 했다. 문제는 친구들에겐 투정일 뿐인 불안이, 로아에게는 목을 조르는 현실이라는 것이었다. 그 사실을 깨닫는 매 순간이 싫었다. 그런 투정을 내뱉는 친구들이 미웠다. 그리고 친구를 밉다고 느끼는 자신이 싫어졌다.

좋아하고 싶었다. 좋아하려고 발버둥 치지 않아도, 그저 마음 편히 좋아할 수 있는 장소와 사람들이 그리웠다. 단 한 번도 가져본 적 없기에 더욱 바라게 되는 그런 존재.

옷장 안에서 강한 물 내음과 함께 한 무리의 작은 물고기들이 쏟아져 나왔다. 물고기들은 흩어지지 않고 하나의 선을 이루어 로아의 앞으로 헤엄쳐 왔다. 로아 곁에서 헤매던 은빛 물고기가 자연스럽게 무리에 섞여들었다. 그 안에서 헤엄치는 은빛 물고기는 편해 보였다.

그런 장소. 그냥 있어도 마음이 편안한 곳. 편안한 사람들.

"있네. 그런 곳이……."

물고기 떼가 로아의 몸을 회오리처럼 타고 오르다 멀어졌다. 로아는 물고기 떼가 사라진 멀고 먼 허공의 끝을 바라보았다. 누군가 로아를 아주 다급하게 불렀디.

로아는 번쩍 눈을 떴다. 이 꿈을 꾸고도 비명을 지르지 않고 깬 것은 처음이었다. 그래서인지 눈을 뜬 후에도 꿈속에 잠겨 있는 듯했다. 잠이 덜 깬 탓은 아니었다. "집으로 돌아가야

합니다."라는 래빗의 말을 들은 순간, 잠은 저만치 달아난 터였다.

"경찰에 신고가 들어갔다더군요. 딸이 가출을 했으니 찾아 달라고. 그런데 오늘 아침, 이곳에 나로아가 있다는 제보가 있었다네요. 경찰에서 나로아가 포기 각서를 받은 상태인지 아닌지 확인하고 싶다고 연락을 주셨습니다. 이전에 포기 각서 받은 사람을 인계해서 소동이 생긴 적이 있다더군요."

경찰의 협조 요청을 받은 이상 안내할 수밖에 없거든요, 라고 덧붙이며 래빗은 손가락을 꼼지락거렸다. 부끄러워서요. 래빗이 했던 말이 기억났다.

'아……. 이런 일 때문에 한 말이었구나.'

토끼 가면 위로 솟아오른 귀가 너무나 밉살스러웠다.

"제보라니, 누가?"

"설마 우리 중에 누가 그런 짓을 한 거야?"

"스파이다! 스파이가 있어!"

아이들이 소란스럽게 외치며 주변을 뛰어다녔다.

"말도 안 돼……."

로아는 두 손으로 자신의 얼굴을 쓸어내렸다. 누군가 목을 조르는 듯 제대로 숨쉬기가 힘들었다. 그때였다. 태이의 손가락이 툭툭, 로아의 손등을 두 번 쳤다. 플레이 그라운드만의 신호였다. 그 순간, 다시 이곳으로 돌아올 수 있으리라는 믿음이 생겼다.

아니, 그것은 돌아오고야 말 것이란 결심이었다.

'그러고 보니 이번에는 모래로 변하지 않았어.'

로아는 가만히 숨을 내쉬고, 경찰의 뒤를 따라 플레이 그라운드를 나섰다.

"박도율. 너 요즘 좀 변했다."

"뭐가?"

도율은 앞에 놓인 햄버거 포장지를 구겨 식당 한구석 쓰레기통을 향해 던졌다. 포장지는 쓰레기통 모서리를 맞고 바깥으로 튕겨져 나갔다.

"지금 그런 짓 말이야. 이전엔 디마이 안에서 근무하는 노동자 인권이 어쩌고 하면서 절대 그런 행동 안 했잖아. 왜, 가끔 있잖냐. 디마이 나와서는 시민단체 같은 데 자기 발로 기어들어 가는 놈들. 그런 미친놈이나 될 줄 알았더니."

"솔직히 완전 위선 아니냐? 지들도 혜택 다 누려놓고 차별이 어쩌고저쩌고. 그럴 거면 그…… 누구야, 국제 대회 시상식에서 디마이 제도 왕창 비판했던 사이코."

"김태이? 그 사건 레전드지. 그 후로 이사장이 시상식마다

다 따라다니잖아."

"개처럼 자기 발로 디마이 박차고 나가면 인정."

"인정은 무슨. 걔 특기생이었잖아. 특기생 애들 자격지심에
쩔어서 자기들끼리 몰려다니는 거 꼴 보기 싫어. 지들은 실력
으로 디마이에 왔다고 깐죽거리잖아. 그래봤자 걔네 먹고 자
고 연구하는 돈, 다 우리가 낸 돈인데."

친구들의 대화에 나온 '김태이'란 이름에 도율의 귀가 쫑
긋해졌다.

'태이 형도 디마였단 말이지? 자발적으로 논디마가 되었다
니, 제정신인가? 그러면 그때 왜 나로아랑 같이 있던 거지?'

도율은 태이가 했던 말을 떠올리려 했지만 통 기억나지 않
았다. 기억나는 건 로아가 했던 말뿐이었다. 겉으로 보이는 게
그 사람의 전부는 아니라는 말. 도율은 컵에 꽂힌 빨대 끝을
잘근잘근 씹었다.

'누구를 가르치려 들어? 이쪽 세계에서도 지가 더 잘난 줄
아나.'

그때 무어라 한마디 받아치지 못한 것이 분했다. 빨대 끝이
완전히 문드러졌을 때, 도준이 식당에 들어왔다.

"여기 있네. 야, 박도율. 너 메시지 확인 좀 해."

도준은 도율의 머리를 손등으로 내리쳤다.

"아, 하지 마."

"메시지 봐라. 어?"

도준이 자리를 떠나고, 도율은 맞은 곳을 어루만지다 휴대폰을 꺼냈다. 친구들은 신기하다는 듯 도준의 뒷모습을 눈으로 좇다가 도율 쪽으로 몸을 틀었다.

"박도율, 너 이제 형하고도 잘 지내나 보네. 이전에는 서로 아는 척도 안 하더니."

"내가 그랬나? 나 형이랑 사이 괜찮아."

도율은 휴대폰을 보며 건성으로 답했다. 도준이 보낸 메시지는 단 한 줄이었다.

오후 3시. 디마이 후문

"그래? 야. 그럼 그거 진짜야? 그거."

"그게 뭔데?"

"박도준이 논디마 여자애들 돈 주고 노예로 삼았다는 거."

"무슨. 형이 아무리 쓰레기여도 그런 짓까지 하겠냐."

도율은 손사래를 치며 자리에서 일어났다. 3시까지는 10분도 채 남지 않았다. 무슨 일인지 몰라도 도준의 부름에 응하지 않을 수는 없다. 도준 무리의 '교육'에 동참해 버렸으니까. 그날 도율이 끝까지 자리를 지키자 도준은 도율의 귓가에 "너도 이젠 우리 그룹이야."라고 속삭였다. 우리 그룹. 나의 편. 그 말에 가슴이 뛰었다. 그건 도율이 한 번도 가져본 적 없는 것이었다.

　도율은 식당을 나와 후문으로 향했다. 며칠 후에 열릴 기념식 현수막이 곳곳에 펄럭거리고 있었지만 도율의 눈에는 들어오지 않았다.

　'이제 논디마를 교육하는 것쯤은 아무렇지 않아. 진짜 디마가 되어가고 있다는 증거겠지.'

　'교육'을 할 때의 흥분과 긴장감이 스멀스멀 되살아나 걸음이 빨라졌다.

　"왔냐?"

　후문에 도착하자, 담벼락에 기대어 선 도준이 손을 흔들었다. 도준과 몰려다니는 패거리도 함께였다.

　"뭐야. 박도율도 껴주게?"

　"동생이라고 너무 관대하게 구는 거 아냐?"

　"너 복 받은 줄 알아라. 이거 원래 아무나 껴주지 않거든."

　다들 도율을 향해 한마디씩 던졌다. 도율은 영문도 모른 채 그들 쪽으로 다가갔다.

　"무슨 일이야?"

　"재미있는 거 하러 갈 거야. 택시 불렀으니까 곧 올 거야."

　"바이크 안 타고?"

　"이거 할 거니까. 내가 이래 봬도 음주 운전은 절대 하지 않는 착한 시민이거든."

도준은 손으로 술 마시는 시늉을 했다. 택시가 도착했다는 휴대폰 알람에 도준은 후문을 나서며 따라오라는 손짓을 해보였다. 도율은 느릿느릿 패거리 끝에 붙어서 따라갔다.

"야! 박도준!"

하지만 후문을 나선 이들 앞에 나타난 건 택시가 아닌, 씩씩거리며 콧김을 내뿜는 주혁이었다. 얼굴이 붉게 상기된 주혁이 황소처럼 달려들어 도준의 멱살을 잡았다.

"너, 또 우리 정비소 여자애들 협박했지!"

"놓고 말해."

"네가 디마면 다냐? 두고 봐. 이번에는 진짜 경찰서에서 보게 될 테니까."

도준은 팔을 휘둘러 주혁의 손에서 벗어났다.

"경찰서 좋지. 가봐. 얼마든지. 경찰이 너희 편 들어줄 것 같아? 여자애들이 좋다고 돈 받고서 사진 찍어 보낸 걸 뭐 어쩌라고. 오늘만 해도 그래. 내가 걔네 억지로 끌고 갔냐? 돈 줄 테니 나오라니까 오케이 한 거 아냐. 내가 택시까지 보내줬잖아."

"뭐? 어린애들한테 기프티콘 준다고 이상한 사진 찍어 보내라고 했잖아. 그 뒤론 사진 뿌린다고 협박한 거고!"

"기프티콘도 엄연히 금전적 보상이지."

점점 더 콧김이 거세지는 주혁과 달리 도준은 여유로웠다. 흐트러진 셔츠를 정리하며 빈정거리는 도준을 향해 주혁이 주먹을 쥐고 달려들었다.

'어쩌지? 나서야 하나?'

도율은 초조했다. 도준의 무리에 완전히 받아들여지려면 도준과 함께 싸워야만 할 것 같았다. 그러나 상대는 주혁이다. 주혁만 보면 얼어붙던 몸이 이번에도 쉽사리 움직이지 않았다. 분하게도 무릎이 덜덜 떨렸다.

"가만히 있어. 논다마는 디마 못 쳐. 합의금이 얼만데."

패거리 중 한 명이 도율의 어깨를 잡았다. 도율은 그제야 무리 중 아무도 나서려는 시늉조차 하지 않고 있음을 알았다. 모두가 팔짱을 끼고 서서 흥미로운 쇼라도 보는 듯이 도준과 주혁을 지켜보고 있었다.

"쳐라, 쳐."

도준이 깐죽거리며 몸을 내밀자 달려들던 주혁이 입술을 꽉 깨물며 행동에 브레이크를 걸었다. 주혁은 갈 곳을 잃은 주먹을 허공에 휘두르며 괴성을 내질렀다.

"아오, 씨! 진짜!"

패거리 중 누군가 너털웃음을 터뜨렸다. 발을 구르며 온몸으로 화를 뿜어대던 주혁이 패거리 쪽으로 고개를 돌렸다.

"박도율. 왜 네가 거기 있어?"

도율을 본 주혁의 눈이 휘둥그레졌다.

"야, 박도율. 율아! 넌 박도준 같은 거랑 다르다며!"

주혁은 목에 핏줄을 세우며 외쳤다.

"넌 사회를 바꾸고 싶다며. 폭력도 싫다며! 야, 율! 정신 좀 차려!"

도율은 금방이라도 덤빌 듯한 주혁의 기세에 밀려 엉거주춤 패거리 안으로 숨었다.

"차주혁 저건 왜 저렇게 머리가 나쁘냐? 소동 부려봤자 매니저한테 쫓겨나기나 하지."

"저러니까 도준이가 자꾸 건드는 거 아냐. 반응이 재미있으니까."

"야, 저기 매니저 온다."

패거리의 시선을 따라 고개를 돌린 도율은 등줄기가 뻣뻣해졌다. 헐레벌떡 뛰어오고 있는 사람은 담임이었다. 사과를 먹으라며 내밀던 담임의 뻔뻔한 얼굴이 매니저라는 사람 위로 겹쳐졌다.

"오, 이번 분기 처리 담당이 저 매니저였어? 쟤 완전 무능하던데."

"매니저들이 다 무능하지, 뭐."

"왜들 그래. 매니저들 기특하잖아. 논디마가 신분 상승 좀 해보겠다고 꾸역꾸역 공부하고 시험 봐서 된 건데."

패거리의 말소리가 도율의 귓바퀴를 타고 흘러내렸다. 오직 담임과 마지막으로 나누었던 대화만이 도율의 귀 안에서 빙글빙글 돌았다. 사과받고 끝내. 학폭도 아닌데. 먹어라. 태평하게 사과를 먹던 담임의 붉은 입이 금방이라도 자신을 집어삼킬 것만 같았다.

'뭘 알아, 당신이.'

도율은 두 손을 불끈 쥐었다.

쓸까 말까. 학교 폭력 조사서를 받고 눈앞이 빙글빙글 돌았다. 혹시라도 누군가가 볼까 봐 책상에 엎드려 팔로 종이를 가리고는 간신히 '차주혁' 이름 석 자를 썼다. 들켰다가는 더 심한 괴롭힘에 시달릴 터였다. 담임이 수거할 때까지 이름 쓴 부분을 손바닥으로 가리고 있었더니 볼펜 글씨가 땀에 번져 있었다.

그렇게까지 조사서를 붙들고 있었던 건, 이름을 썼던 건, 믿어서였다. 담임을 믿었다. 정말 싫은 곳. 정말 싫은 사람들. 그럼에도 학교는 도율이 속한 곳이었다. 있어야만 하는 장소였다. 어른들이 도와주지 않을 거라 냉소하면서도 누구 한 명쯤은 도와주기를 바랐다. 담임에게 제출한 학교폭력 조사서는 도율이 처음으로 어른에게 내민 도움의 손길이었다.

"박도준. 디마이로 논디마를 부르는 건 규칙 위반입니다."

담임이 숨을 헐떡거리며 달려와 도준의 앞에 섰다.

"규칙 위반이면 뭐 어쩔 건데?"

도준이 빈정거리자 담임의 얼굴이 새빨개졌다. 담임은 주혁의 팔을 잡아 후문 밖으로 끌어내고 다시 패거리 앞을 지나며 중얼거렸다.

"한심하긴. 디마가 이 모양이니 플레이 그라운드 같은 곳이 생기지."

패거리가 담임에게 야유를 보냈다. 도율은 입을 꾹 다물고 멀어지는 담임의 뒷모습을 노려보았다. 담임이 자신을 꼭 집어 말한 것만 같았다.

'당신이 그런 말을 할 자격이 있어?'

믿었지만 배신당했다. 배신의 상흔은 어떠한 폭력보다 아팠다. 그 상흔에서 점점 분노가 뿜어져 나왔다.

'차주혁도 그래. 학폭이나 하던 놈이 무슨 정의의 사도인 척을 하는 건데?'

이쪽 세계와 원래 세계는 다르다. 저 두 사람은 원래 세계의 담임과 주혁이 아니다. 머리로는 그 사실을 알아도 넘쳐흐르다 못해 폭파된 감정은 이성을 집어삼켰다. 저 두 사람을 눈앞에서 없애 버리지 않으면 언젠가 이 세계에서도 내 자리가 사라질 것만 같은 불안이 분노에 섞여들어 갔다.

"이 모양이 어떤 건지 제대로 보여주지."

으드득. 도율의 입술 사이로 이 가는 소리가 새어 나왔다.

만두 반죽을 섞는 기계가 멈췄다.

"이건 또 왜 말썽이야? 야! 나로아! 너 와서 이거 주걱으로 섞어. 납기일도 얼마 안 남았는데 제대로 돌아가는 게 하나도 없어!"

로아는 발끝을 질질 끌며 반죽이 담긴 커다란 통으로 다가 갔다. 자기 키보다도 높이 있는 통에 담긴 반죽을 섞으려면 사 다리 위에 올라가야만 했다. 아침에 집으로 돌아오자마자 바 로 공장에 끌려온 뒤 한 번도 쉬지 못한 상태였다. 점심시간에 도 빵 한 조각 먹지 못했다. 집을 나갔던 벌이라고 했다.

'제대로 된 게 대체 뭐지?'

로아는 사다리에 올라가 커다란 주걱을 움켜쥐었다.

"가출해서 간 곳이 고작 불량배 집합소야? 어린것들이 일 하기 싫어서 도망이나 가고. 그렇게 불성실한 애들이랑 어울 리니까 폐에 바람이 든 거지."

주걱을 쥔 로아의 손에 더욱 힘이 들어갔다. 온몸이 물에 잠긴 듯 피곤했고 갈증이 일었다. 금방이라도 물에 뛰어들지 않으면 죽을 것만 같은 갈증이었다. 주걱을 쥐고 선 채 설핏 졸았던 모양이다. 통 안에 든 끈적끈적한 반죽이 옷장에서 나 왔던 은빛 물고기 떼가 되어 헤엄치는 꿈을 꿨다. 로아의 손을 빠져나간 주걱이 텅, 요란한 소리를 내며 반죽통에 부딪혔다. 로아는 고개를 마구 흔들어 잠을 몰아냈다. 주변을 헤엄치던 물고기들이 전부 로아의 몸 안으로 흡수되듯 사라졌다.

"제대로 해!"

"포기 각서 써주세요."

물고기들이 밀어 올린 말이 두둥실 떠올랐다가 공장 안에 묵직하게 내려앉았다. 기계처럼 움직이던 직원들의 손이 멈췄다. 아버지가 눈을 부릅뜨고 올려다보는 모습이 이상하리만치 느릿하게 보였다.

"뭐라고 했냐?"

"보호자가 미성년자를 폭행했을 경우나 직업훈련 연령이 되지 않았는데도 통상적인 가정일 외 노동착취를 당했을 경우에 포기 각서를 요구할 수 있다고 들었어요. 경찰에게 각서 받아왔으니 사인해 주세요."

"저, 저 건방진 것! 그게 부모한테 할 말이야?"

삿대질하는 아버지의 손끝은 이쪽 세계나 원래 세계나 별반 다를 바 없다. 로아는 천천히 사다리에서 내려와 아버지 앞에 섰다.

"내가 언제 널 폭행했다는 거야? 노동착취? 모자란 것도 딸이라고 먹이고 입혀줬더니, 네가 지금 우리 집을 엉망진창으로 만들겠다 이거구나!"

어째서일까. 왜 이쪽 세계의 아버지도 원래 세계의 아버지와 똑같은 것일까. 수많은 평행세계의 나로아는 똑같은 부모와 살고 있는 것일까. 처음 이쪽 세계의 나로아가 쓴 일기장을 읽었을 때 느꼈던 서러움이 다시 복받쳐 올랐다. 그러나 이번엔 단지 서럽기만 한 것은 아니었다. 세계가 바뀌었는데도 바뀌지 않은 아버지에게 화가 났다.

어쩌면 아버지는 뿌리부터 썩어버린 나무가 아닐까.

쉬프팅으로 온 이쪽 세계가 정말 평행세계라면 눈앞의 아버지는 나무에서 뻗어 나온 수없는 가지 중 하나다. 온 세계의 가지가 썩었다면 나무의 뿌리가 썩었기 때문일 거다. 썩은 것과 함께 있으면 같이 썩을 뿐이다. 그렇다면 모든 세계의 나로아 중 한 명은 그 썩은 나무에서 '나로아'란 가지를 싹둑 잘라내야만 한다. 그렇게 하면, 다른 평행세계의 나로아는 다른 부모 아래에서 태어날 수 있을지도 모른다. 로아는 수많은 나로아들이 물속에서 손을 맞잡고 둥글게, 즐겁게 춤을 추는 상상을 했다. 그들은 춤을 추며 아버지를 잘라냈다. 그런 상상이라도 하지 않으면 아버지의 입에서 쏟아져 나오는 말들을 버틸 수가 없었다.

"증거라면 있어요."

점점 흥분으로 높아지는 아버지의 목소리와 다르게 로아의 목소리는 차분했다. 조금도 떨리지 않는 것이 로아 스스로도 신기했다. 이전에도 몇 번, 아버지 어머니에게 말하기로 결심했던 적이 있었다. 이건 학대라고. 그러지 말라고. 그러나 그때마다 누군가 목을 조르기라도 하는 듯 목소리가 제대로 나오지 않았다. 염소 울음소리처럼 벌벌 떨리는 자신의 목소리가 한심해서 결국 하려던 말을 삼키곤 했다.

왜일까. 왜 떨지 않게 된 걸까.

"계속 일기를 써왔어요. 경찰에게 물어봤는데 그것도 충분히 증거가 된다고 했어요."

"일기? 그딴 건 얼마든지 지어낼 수 있어. 인정 못 해!"

억센 손이 로아의 머리카락을 휘어잡았다. 두피가 벗겨져 나갈 듯한 고통과 함께 몸이 끌려갔다. 로아의 뺨이 공장 컨베이어벨트에 닿았다. 벨트 위에 놓여 있던, 윗부분이 채 여며지지 않은 만두가 뺨에 짓뭉개졌다. 벨트는 계속해서 움직였다. 거친 벨트 바닥이 로아의 뺨을 계속 할퀴며 지나갔지만 머리를 누르는 힘 때문에 꼼짝할 수가 없었다. 쿵. 쿵. 몇 번이나 머리가 벨트에 부딪혔다. 머리가 부딪힐 때마다 그보다 더 아픈 말들이 바늘처럼 귀 안으로 내리꽂혔다.

'차라리 여기서 온몸이 갈려 나가면 더 이상 고통스럽지 않을 텐데.'

로아가 질끈 두 눈을 감을 때에 찰칵, 휴대폰으로 사진을 찍는 소리가 났다.

"즈, 증거 있어요. 찍었어요, 이거!"

유영의 목소리에 로아의 머리를 누르고 있던 아버지의 손이 사라졌다.

"뭐? 야, 너 지금 뭐라는 거야? 출근할 때 휴대폰 제출하라고 했어, 안 했어!"

"동영상도 찍고 있어요. 이거, 휴대폰에서 삭제해 봤자 클라우드에 실시간 업로드돼요. 그러니까 다가오지 마세요!"

로아는 몸을 일으켰다. 벨트 앞에 서서 만두를 만들고 있던 유영이 양손으로 휴대폰을 움켜잡고는 벌벌 떨고 있었다. 벨트를 사이에 두고 유영과 대치한 아버지의 이마에 굵은 핏줄이 섰다.

"너, 다음번 직업훈련 평가가 무섭지도 않나 보지?"

직업훈련 평가는 6개월에 한 번씩 고용주가 직업훈련 과정에 있는 논디마를 평가하는 시스템이다. 평균 60점 미만이면 훈련생을 정직원으로 채용해야 하는 의무가 사라지고, 다른 곳에 취업할 때도 불이익을 받게 된다. 그 때문에 훈련생들은 사업장에서 월급을 제대로 받지 못하거나 무리한 요구를 받아도 항의할 수 없었다.

"그딴 거 하나도 무섭지 않아요. 로아 언니한테 포기 각서 써주세요. 언니가 가고 싶은 곳으로 가게 해달라고요. 안 그러면 이거 경찰에 제출할 거예요. 그럼 직업훈련 지정 사업장에서 완전 제외될 수도 있을 걸요?"

"저게 진짜……."

아버지는 분한 듯 한참이나 허공에 주먹질을 하다가 로아에게 불쑥 손을 디밀었다.

"내놔. 그 각서인지 뭔지. 사인해 주마."

로아는 주머니에서 포기 각서를 꺼내 내밀었다. 아버지는 포기 각서를 낚아채 가서는 거칠게 사인했다.

"자, 가져가라. 다시 기어들어 올 생각은 하지도 마. 넌 이제부터 내 딸이 아니다!"

아버지의 손에서 던져진 포기 각서가 나풀나풀 힘없이 바닥에 떨어졌다. 로아는 포기 각서를 주워 주머니에 넣고 공장을 나왔다.

"언니!"

유영이 따라 나와 로아의 손에 쪽지를 쥐여주었다.

"이거 내 클라우드 아이디랑 비밀번호야. 동영상 다운받아서 가지고 있어."

"너 이래도 괜찮아?"

로아는 쪽지만 쳐다보며 유영에게 물었다. 차마 유영을 볼수가 없었다. 로아의 편을 든 대가는 클 터였다.

"괜찮아, 언니. 나 외국 갈 거야."

"외국?"

"응. 엄마네 사장님이 사업 정리하고 독일로 이민 가는데, 나를 양녀로 삼아서 데려가고 싶다고 했대. 이전부터 나한테 엄청 잘해주던 분들이야. 나 데려가서 어디로 팔아넘기려는 거 아니냐고 아빠가 계속 반대하고 있어서 언니한테 미리 말 못했어. 웃기지? 나 일곱 살 때부터 일했는데 뭘 이제 와서 걱정하는 척인지."

신이 난 목소리에 로아는 그제야 고개를 들어 유영을 봤다. 목소리와는 다르게 유영의 눈가가 축축하게 젖어 있었다.

"너, 무섭구나."

"아니……. 하나도 무섭지 않아. 엄마가 그랬어. 이 나라는 아이들이 자라기에 좋은 곳이 아니래. 그러니까 가래. 우리 엄마, 나 보내려고 아빠한테 엄청 맞았어. 그러니 난 무서워하면 안 돼."

로아는 유영의 어깨를 끌어안았다. 잠시간 두 아이는 서로의 떨림을 나누었다.

"전에 사장님이 나 때릴 때 언니가 막아줬잖아. 고마웠어."

"내가?"

"응. 그래서 이번에 언니가 가출했다가 끌려왔다기에 무슨 일이 날 것만 같아서 휴대폰 숨기고 있었던 거야. 나 잘했지?"

맞닿아 있던 온기가 떨어졌다. 유영은 로아의 등을 떠밀고는 공장 안으로 뛰어 들어갔다.

로아는 골목을 걸었다. 느릿하던 걸음은 점점 빨라져 거의 뜀박질이 되었다.

'나왔어. 이게 되는 거였어.'

넌 내 딸이 될 자격이 없어. 원래 세계의 아버지는 윽박을 지르거나 폭력을 휘두를 때면 늘 그 말을 덧붙였다. 어릴 적 로아는 그 어떤 폭력보다도 저 말이 무서웠다. 아버지가 금방이라도 자기를 집에서 쫓아낼 것만 같았다. 로아가 아픔과 불안에 울음을 터뜨리면 어머니는 "당장 울음 그치지 않으면 엄마 집 나갈 거야."라고 말했다. 어린 로아에게 어머니가 사라진다는 건 곧 집이 사라진다는 것과 동의어였다. 나 때문에 우리 집이 사라진다는 공포는 모든 아픔을 감내하게 할 정도로 무거웠다. 그 공포가 족쇄처럼 발목에 매달려서, 소리치고 맞선다는 선택지를 없애 버렸다.

"되는 거였어……."

속에 가득 찬 놀라움이 말이 되어 터져 나왔다.

"되는 거였다고!"

로아는 뛰면서 외쳤다. 이전의 자신에게 들릴 때까지 외치고 싶었다. 싸워. 소리쳐. 그곳은 절대 나올 수 없는 곳이 아니야. 네가 숨을 쉬지 못하면서까지 지킬 가치가 있는 곳이 아니라고.

뜀박질은 점점 빨라지고 숨이 차올랐다. 골목을 빠져나와

대로변에 섰을 때에야 로아는 멈춰 섰다. 아침부터 아무것도 먹지 못하고 계속 일했던 데다 긴장이 풀린 탓인지 어지러움이 몰려왔다. 무릎을 짚고 허리를 구부리자 땅이 아지랑이에 휩싸인 듯 일렁거렸다.

"나로아!"

태이의 목소리가 들린 순간, 로아의 몸이 무너져 내렸다. 로아는 의식을 잃었다. 멀어지는 의식 속에서 마지막으로 본 것은 놀란 태이의 얼굴이었다.

다시 도돌이표

누군가의 울음소리가 들렸다.

등이 땀으로 축축하게 젖어서 기분이 나빴다. 옆으로 돌아 눕고 싶었지만 가위라도 눌린 듯 몸이 움직이지 않았다. 울음소리는 점점 선명해졌다. 울음소리에 웅얼거리는 말소리가 섞여들었다. 그 소리가 열에 가라앉아 있던 로아의 의식을 끄집어 올렸다.

"미안해. 진짜 미안해. 로아, 네가 집에 돌아가고 싶어 한다기에 율이처럼 디마라고 생각했어. 디마인 애가 부모하고 싸워서 홧김에 플레이 그라운드에 온 줄 알았어. 다 가진 애가 내 걸 빼앗아 가는 것 같아서 얄미웠어. 그렇지만 이런 걸 바란 건 아니야. 난 그냥……. 가출 신고를 하면 네가 집에 돌아가고 별일 없을 줄 알았어."

끄집어 올라온 의식으로 더듬더듬 목소리의 주인을 떠올렸다. 진윤이다.

'애는 울음소리도 톤이 높네.'

로아는 눈꺼풀을 들어 올리려고 끙끙거렸다. 온몸이 땀투성이였다. 정신을 차리고 나니 몸에 들러붙은 축축한 옷이 불쾌했다. 벌떡 일어나 옷을 벗고 싶었지만 눈이 떠지지 않으니 답답했다.

"얼굴에 흉터 남으면 어쩌지? 미친개 같던 우리 사장도 얼굴은 때리지 않는데, 애네 사장은 진짜 미친개인가 봐. 그런 데를 왜 돌아가고 싶어 해. 그냥 여기서 우리랑 살자. 나 이젠 쓸데없는 짓 안 할게."

로아의 뺨에 살짝, 진윤의 손이 닿았다가 떨어졌다. 타인의 체온에 가위가 풀린 듯 발끝이 움찔 움직였다.

"그래도 대단해. 로아, 넌 자기 발로 지옥에서 빠져나왔잖아. 그것도 두 번이나. 이번엔 태이가 구하러 간다고 약속했는데도 기다리고만 있지 않았잖아. 그래서인가 봐. 태이가 널 좋아하는 건."

'뭐라고?'

진윤의 말에 전기에라도 감전된 듯, 움직이지 않던 눈꺼풀이 번쩍 떠졌다. 로아는 힘겹게 고개를 돌려 옆을 봤다. 눈물로 범벅이 된 진윤과 시선이 마주쳤다.

"세상에. 정신이 들었어?"

진윤이 호들갑을 떨며 로아의 손을 덥석 잡았다. 로아는 까끌까끌하게 마른 입안을 혀로 훑었다. 목 안까지 말라붙은 듯 목소리 끝이 갈라져 나왔다.

"지금 몇 시야? 저녁?"

"아침 11시. 너 거의 열여덟 시간을 잤어. 긴장이 확 풀리면서 몸 안에 열이 난 거래. 의사가 그렇게 말했는데도, 네가 계속 잠만 자니까 무섭더라."

"그랬구나……. 여기 플레이 그라운드야? 나 여기 어떻게 왔지?"

"태이가 데려왔어. 기억 안 나?"

마지막으로 봤던, 놀란 태이의 얼굴이 떠올랐다.

'그때 본 게 환영이 아니었구나.'

로아는 몸을 일으켜 앉았다. 진윤이 분주하게 움직여 베개를 받쳐주고 시원한 물도 챙겨주었다. 물이 식도를 타고 넘어가자 갈증이 가라앉았다.

"목소리가 떨리지 않았어."

머리 한쪽에 떠돌던 의문이 불쑥 입 밖으로 튀어나왔다.

"나 그거 알아. 상담 선생님한테 들었어. 극한의 공포 때문에 뇌 어딘가가 정지되거나, 상대를 무기물처럼 여기게 되면 떨림이 줄어든대."

진윤이 수건에 물을 적시며 여상히 답했다. 로아가 무슨 일을 겪었는지 직접 보기라도 한 것만 같은 대답이었다. 놀란 듯 바라보는 로아를 향해 진윤은 어깨를 으쓱거렸다.

"눈 튀어나오겠다. 여기 있는 애들, 상황은 달라도 겪은 일은 다 비슷해. 개똥같이 말해도 찰떡같이 알아들을 수 있어."

진윤이 물에 적신 수건을 로아에게 건네주었다.

"진윤이 넌 어떻게 여기 오게 된 거야?"

"나? 난 자해해서 병원 갔다가 태이를 만났어. 태이가 날 꼬셨지. 자기 자신을 칼로 그어야만 견딜 수 있는 장소에 계속 있을 거냐고. 그런 곳은 집이 아니라고. 내가 집이 뭔지 모르겠다니까 플레이 그라운드에 와보라고 했어. 그때까진 기숙사에서 맞고, 일하고. 그게 지긋지긋하게 싫어도 도망칠 생각은 하지 못했어.

그렇잖아. 일곱 살부터 계속 거기 있었어. 여럿이 다닥다닥 붙어 자던 그 작은 방, 전화선으로 연결된 칸막이가 내가 경험한 세계의 전부였어. 여길 나가면 어떻게 살아야 하는지 모르겠고, 갈 곳도 없고. 콜센터 사장이 그랬어. 너희 여기 나가면 다 잡혀간다고. 믿었지, 뭐. 나나 거기서 일하는 애들 모두 홈워크도 받은 적 없거든. 그런 게 있는지도 몰랐어."

진윤은 플레이 그라운드에서 지내기로 결심한 후 콜센터 사장에게 전화를 걸었다. 입원해야 한다는 거짓말로 시간을 벌어볼 요량이었다. 하지만 진윤의 전화를 받은 사장은 대뜸 "거짓말하지 마." 하고 소리쳤다. 평소에는 사장에게 무슨 말을 할 때마다 벌벌 떨던 진윤이 통화하면서는 떨지 않은 것을 사장이 이상하게 여긴 것이다.

"어떻게 그럴 수 있었던 건지 궁금해서 나중에 상담 선생님한테 물어봤거든. 전화를 걸 때 다시는 거기에 돌아가지 않겠다고 마음을 먹어서 그런 거래. 그때는 코웃음 쳤어. 사장이 나 잡으러 올 게 분명한데 가출을 결심한 것만으로 떨지 않게 되다니, 이상하잖아. 그게 이유란 걸 믿을 수가 없었어."

로아는 진윤이 건네준 수건을 받아 얼굴을 문질러 닦았다.

"그런데 이번에 알겠더라. 그 말이 어떤 의미인지. 돌아갈 장소가 있다고 생각하니까 무서워도 정신이 번쩍 들더라고. 그래서 이번에는 떨지 않고 할 말 다 했어."

"돌아갈 장소······."

"응. 그러니까 너도 너 때리는 사람이 있는 집은 버려. 여기서 우리랑 같이 살자."

진윤이 로아에게서 도로 받은 수건을 다시 물이 있는 대야에 담갔다가 꽉 짰다.

"등 닦아줄게. 자는 동안 땀 엄청 흘려서 답답했지?"

거절하기에는 땀에 젖은 몸이 너무나도 찝찝했다. 로아는 웃옷을 벗고 진윤에게서 뒤돌아 앉았다. 등에 물기가 닿자 살 것 같았다.

'이상한 애야.'

로아는 자신의 등을 닦아주는 진윤을 미워할 수 없었다. 신고한 게 진윤이라는 걸 알면서도 그랬다. 진윤은 너무 시끄럽고, 정신이 없고, 불안정했지만 솔직했다. 진윤이 무엇이든 솔직히 말했기에 로아도 진윤에게는 그럴 수 있을 것만 같았다.

"근데 너 정말 대단하긴 하다."

등을 문지르던 진윤이 찰싹, 가볍게 로아의 등을 때렸다.

"태이와 만나지 못했으면 어쩌려고 했어? 여기까지 이 몸으로 걸어오려고 했어?"

"에이, 설마. 지하철 탔겠지. 이전에 왔을 때도 지하철 타고 왔어."

"지하철? 뭐야. 너희 사장 미친개였어도 돈은 잘 줬나 보다. 지하철 푯값 너무 비싸. 두세 정거장 왔다 갔다 하면 거지 되겠더라."

"카드가 되더라고. 그거 아니었으면 나 정말로 내내 걸어왔어야 해."

"카드?"

진윤이 로아의 등에서 손을 떼며 되물었다.

"논디마는 교통카드 발급이 안 되는데?"

"이쪽 세계에서 발급받은 게 아니라 내가 가지고 있던 거."

"이쪽 세계? 너 그 평행세계 컨셉 계속 가지고 갈 거야?"

진윤이 수건을 대야에 넣으며 깔깔 웃었다.

"진짜라니까. 내가 돌아가고 싶다던 집은……."

돌아가고 싶다던 집은 원래 세계의 집이야. 그렇게 말하려던 로아는 멈칫, 말을 멈췄다.

'정말 돌아가고 싶어? 그 집으로?'

원래 세계로 돌아간다는 건 그 집으로 돌아간다는 뜻이다. 아버지 어머니와 함께 사는 그 집으로. 그 집에 돌아가면, 공장을 나온 것처럼 또다시 뛰쳐나올 수 있을까? 땀이 닦인 등에 서늘한 추위가 느껴졌다. 로아는 두 팔로 자신의 양어깨를 끌어안았다.

"진짜면 카드 보여줘."

로아는 벗어놓은 셔츠 안주머니에서 학원증을 꺼냈다.

"봐. 이거, 왠지 모르겠는데 교통카드로 쓸 수 있더라. 원래 세계에선 그냥 학원증이었는데."

로아가 내민 학원증을 본 진윤의 손이 멈췄다. 진윤은 수건을 대야 속에 내던지고는 로아의 손에서 학원증을 빼앗아 들었다.

"뭐야. 로아 너 진짜 디마야? 근데 왜 맞고 살아? 디마이 카드 이렇게 생겼구나. 처음 만져봐. 율이한테 디마이 키드 한 번만 보여달라고 몇 번을 졸라도 들은 척도 안 하던데. 걔는 나 별로 안 좋아해."

"아니. 나 디마 아니야. 디마이 카드라니, 그게?"

어리둥절한 로아에게 진윤은 카드 위쪽을 가리켜 보였다.

"봐. 여기, 아이디마이 표시 있잖아."

"그거 학원 로고인데……. 잠깐만, 어…… 설마."

원래 세계에서 학원 프랜차이즈를 운영하던 아이디마이가, 이쪽 세계의 교육사업을 장악한 아이디마이라고? 로아의 입이 가볍게 벌어졌다.

'학원을 운영하던 곳일 뿐이잖아……. 수강 신청 전쟁 따위도 벌어지지 않는 그저 그런 학원이었다고! 고작 그런 곳에서 만든 시스템 때문에 이 모든 일이 일어났다는 거야? 유영이처럼 어린애가 공장에서 일하고, 진윤이는 자해를 하고?'

믿기지가 않았다. 학교를 사라지게 한 곳이 고작 학원이라니. 하지만 그게 이쪽 세계의 현실이었다.

"로아야, 나 소원 하나만 들어주면 안 돼?"

학원증을 만지작거리는 진윤의 눈에는 열망이 가득 차 있었다.

진윤이 거울 앞에서 빙그르르 돌았다.

"진짜 한 번은 꼭 입어보고 싶었어. 디마이 유니폼!"

로아도 거울을 봤다. 이쪽 세계에서 만났던 혜인이 입고 있던 것과 똑같은 디자인의 유니폼이다. 디마이 카드가 있으면 크로스 로드에 있는 의상실에서 원하는 만큼 유니폼을 제공받을 수 있다. 그 사실을 알려준 건 진윤이었다. 진윤은 디마이의 유니폼을 입어보는 게 소원이었다고 로아를 졸랐다. 못 이기는 척 진윤과 함께 플레이 그라운드를 나선 건 학원증이 정말 디마이 카드인지 확인하고 싶어서였다.

"그걸로 계산 안 된다고 하면 우리 이거 입고 도망치자."

계산대 앞에 서서 진윤이 로아에게 소곤거렸다. 로아는 카드를 내밀며 애서 아무렇지 않은 척했지만 심장이 요동쳤다.

"확인되셨습니다."

직원이 카드를 돌려준 순간, 로아와 진윤은 서로 마주 보고 씩 웃었다. 두 사람은 가게를 나오자마자 온몸으로 환호성을 질렀다. 제자리에서 폴짝폴짝 뛰던 진윤이 로아에게 찰싹 달라붙어 팔짱을 꼈다.

"완전 좋아! 이거 입으니깐 아무도 나를 이상하게 보지 않

아. 이전에 왔을 때는 가드도 노려보고, 지나가는 사람들도 다 힐끔거렸는데.”

“전에도 크로스 로드에 온 적 있어?”

“콜센터 근무할 때, 집에서 출퇴근하는 애가 포토 부스에서 사진 찍은 걸 보여줬거든. 그게 너무 부러워서 병원에 간다고 거짓말하고 몰래 와본 적 있어. 근데 여기 유니폼 입지 않은 애들은 일단 경계하잖아. 기가 확 죽더라.”

로아는 주변을 둘러보았다. 이전에 왔을 때는 미처 눈치채지 못했지만 진윤의 말을 듣고 보니 거리를 돌아다니는 아이들 대부분이 유니폼 차림이었다. 유니폼을 입지 않고 있는 건 어른들뿐이었다.

“사진은 찍었어, 그때?”

“아니. 너무 비쌌어. 디마들 부러워. 걔네는 디마이 카드만 있으면 크로스 로드 안에 있는 건 다 공짜로 이용하잖아.”

“공짜?”

“그것도 몰라? 너 진짜 다른 세계에서 왔니? 여기 안에 있는 가게, 다 아이디마이가 운영하잖아. 디마들이 이용한 금액은 나중에 일괄 정산되는 시스템이라고 하던데.”

로아는 손에 든 학원증을 만지작거리다 꽉 움켜쥐었다.

“우리, 이왕 온 거 확실하게 놀자.”

“놀자고?”

"그래. K-고등학생이 어떻게 노는지 알려줄게."

로아는 진윤의 팔을 잡아끌었다.

"K-고등학생? 그게 뭔데?"

"내가 있던 세계에서는 모두가 다 디마이에 다닌다고 했잖아. 디마를 그렇게 불러."

로아는 진윤과 함께 크로스 로드를 누볐다. 사진을 찍고, 화장품 가게에 가서 샘플을 바르며 놀았다. 액세서리 가게에서는 둘이 나누어 낄 반지를 고르고, 햄버거와 즉석 떡볶이 중 무엇을 먹을까 진지하게 고민하다가 분식집 문을 열었다. 튀김에 라면 사리를 추가해 주문한 뒤 보글보글 끓는 냄비를 사이에 두고 마주 앉았다. 그때까지 재잘재잘 쉴 새 없이 이어지던 수다가 잠시 끊겼다. 진윤은 휴대폰으로 떡볶이 사진을 찍고는 톡톡 자판을 치다가 불쑥 말했다.

"어쩌지. 나 너 좋아질 것 같아."

로아는 국자로 냄비 안을 저으며 진윤에게 눈을 흘겼다.

"뭐니, 너. 우정 반지도 나누어 꼈는데, 좋아지면 안 돼? 섭섭해."

"너랑 난 라이벌이잖아."

"라이벌?"

"우리 둘 다 태이를 좋아하니까 라이벌이지."

로아의 손이 멈췄다. 난 김태이를 좋아하지 않아. 원래 세계라면 바로 그렇게 말했을 것이다. 이전 세계에서, 로아가 좋아하던 남자애를 자기도 좋아한다며 친구가 고백한 적이 있다. 그때 로아는 주저 없이 그 남자애를 좋아하지 않는다고 말했다. 친구와 어색해지는 게 싫었다. 혹시 이 일 때문에 친구와의 사이에 균열이 생기거나 아이들의 입소문에 오르락내리락하게 되면 학교조차 피난처가 아니게 될까 봐 겁이 났었다.

'그런가 봐. 그런 건가 봐.'

로아의 손이 다시 움직였다. 로아는 떡볶이를 국자로 퍼서 접시에 담았다. 떡과 어묵을 그러모아 담으며 진윤의 말에 깨닫게 된 자신의 마음도 그러모았다.

'플레이 그라운드에서는 거짓말을 하지 않아도 돼. 그곳에서는 완벽하고 착한 아이가 아니어도 돼.'

로아는 접시를 진윤의 앞에 놓았다. 진윤이 맛있겠다며 작은 탄성을 내질렀다.

'그리고, 그리고······.'

확실하게 알게 된 또 하나의 진심이 로아의 두 뺨을 붉게 물들였다. 얼굴에 열이 쏠린 걸 들키지 않으려고 로아는 떡볶이를 접시에 담는 데 집중하는 척했다.

"그런데 로아 네가 나랑 좀 놀아줬다고 너까지 좋아지는 걸 보면 나 너무 잘 반하는 편이 아닌가 싶은 거지. 아니면 태이가 말했던 게 진짜인가? 태이가 나한테 툭하면 그러거든. 나는 자기를 좋아하는 게 아니라 플레이 그라운드에 또래가 걔 밖에 없어서 집착하는 거래."

진윤은 호로록, 라면 사리를 빨아들였다. 이때다 싶어서 로아는 얼른 화제를 돌렸다.

"어린애들이 많긴 하더라."

"응. 열 살 아래 애들이 제일 많아. 열여섯 살 넘어가는 애들은 태이랑 나, 그리고 너뿐이야. 스무 살 되면 직업훈련 끝이잖아. 그러니까 열여섯, 열일곱쯤 되면 플레이 그라운드를 알아도 '조금만 더 참으면 되는데 뭐.' 하는 생각으로 오지 않는 거야. 인터넷 사용 제한이 풀리긴 했어도 아이디마이가 손을 써놔서 플레이 그라운드 관련 정보는 다 필터링되거든. SNS에 올려도 금방 삭제되고. 그렇다 보니 다른 사람들이 플레이 그라운드에 대한 정보를 얻기가 힘들대."

딸랑. 분식집 가게 문에 달린 종이 울렸다. 문을 등지고 앉은 로아의 어깨 뒤로 팔이 뻗어 나왔다.

"맞아. 그래서 이번 디데이가 더 중요해."

로아는 깜짝 놀라 고개를 들어 위를 봤다. 태이가 로아의 손에서 포크를 빼앗더니 떡볶이 하나를 쿡 집어 입에 넣었다.

"너희민 맛있는 거 먹냐?"

비어 있는 로아의 옆자리에 태이가 앉았다.

"아까 너 어디 갔냐고 난리 치길래 떡볶이 찍은 사진 보냈어. 잘했지?"

진윤이 휴대폰을 흔들어 보였다.

"진짜……. 야, 말이라도 하고 가야지."

태이의 목은 땀으로 범벅이었다. 급하게 온 것이 분명했다. 로아가 미안, 하고 말하자 태이는 싱긋 웃었다.

"디 데이가 성공하면 화제가 될 거야. 아이디마이 쪽에서 삭제하는 속도가 따라오지 못할 정도로 SNS에 업로드하는 유저들이 많아지면, 어린애들도 플레이 그라운드에 대해서 알게 될 거야."

태이는 떡볶이를 입에 넣으며 말을 이었다.

"홍보도 된다는 거구나."

"하지만 작전에서 율이가 빠졌으니, 다른 방법을 생각해 봐야 해."

태이는 한숨을 쉬다가 로아와 진윤을 번갈아 바라보며 의아한 듯 물었다.

"너희 옷은 어떻게 된 거야? 그거 디마이 유니폼이잖아."

"아. 이거 로아가……."

진윤은 말을 하다가 멈추더니 양손을 기도하듯 움켜쥐며 외쳤다.

"로아가 율이 역할을 하면 되겠다!"

목욕을 하다가 욕조 밖으로 넘치는 물을 보고 왕관이 진짜

순금인지를 알아낼 방법을 떠올렸다는 아르키메데스의 표정이 저랬을까. 로아와 진윤은 서로 손을 뻗어 허공에서 하이파이브를 했다.

"뭐? 뭔데?"

태이만 영문을 몰라 어리둥절해할 뿐이었다.

도율은 꿀깍, 마른침을 삼키며 품 안의 망치를 더듬었다. 오후 5시는 누군가를 덮치기 위해 몸을 숨기고 있기에는 너무 밝았다.

"그만 좀 떨어. 모처럼 영상 찍는데 폼 안 나게."

도율의 뒤에 서 있던 도준이 이죽거렸다. 도준이 손에 든 휴대폰 카메라 렌즈는 도율을 향해 있었다.

"떨긴 누가 떤다고 그래?"

도율은 움츠리고 있던 어깨를 애써 폈다. 그러나 품 안에서 망치 손잡이를 쥔 손의 떨림은 좀처럼 멈추지 않았다.

"그래. 떨면 안 되지. 네가 계획한 첫 교육이잖아. 내가 촬영해 주는 걸 영광으로 알아라."

첫 교육. 그 말에 도율은 다시 한번 침을 삼켰다.

'정신 차리자. 이건 근사한 계획이야. 주혁과 담임에게 한

꺼번에 복수할 수 있다고.'

담임과 마주친 후, 도율은 도저히 가만히 있을 수 없었다. 어떻게든 담임에게 자신이 느낀 것보다 더한 절망을 안겨주고 싶었다. 그때 떠오른 것이 디마 친구들과 나누었던 대화였다. 도율은 인터넷에 '디마이 범죄'를 검색했다. 몇 건의 기사가 떴다. 대한민국은 다른 나라에 비해 청소년 범죄율이 낮은 편인데 그게 디마이 시스템 덕분이라는 내용이 대다수였다. 디마가 저지른 범죄에 대한 기사는 좀처럼 찾기 어려웠다.

간신히 찾아낸 기사 한 건이 있었다. 네 명의 디마가 60대 남성을 폭행한 사건을 다룬 것이었다. 가해자들이 미성년이자 디마인 점 등이 참작되어 6개월의 헬드백(HeldBack) 조치를 받았다고 적혀 있었다. 헬드백이란 디마이의 수료 시기가 늦춰지는, 한마디로 유급 조치였다. 이에 디마의 보호자는 처분이 너무 심하다며 항소했다. 미래가 창창한 청소년의 사회 진출이 반년이나 늦춰지는 건 사회적으로도 손실이라는 게 항소의 이유였다. 반면 가해자들의 책임 매니저는 디마이 퇴사 및 벌금형을 선고받았다.

기사는 디마의 범죄율이 매년 증가하지만 그를 보도하지 않는 언론의 무책임함과 아이디마이의 언론통제를 비판하는 것으로 마무리되었다. 도율은 좀 더 자세한 내용을 알고 싶어서 기자의 이름을 클릭해 보았지만 기자에 대한 어떤 정보도 뜨지 않았다. 그래도 괜찮았다. 그 기사만으로도 원하던 정보는 얻은 셈이었다.

주혁을 폭행한 뒤에 자수하기. 이게 도율의 계획이었다.

'디마이가 학교도 아니고 몇 개월 유급 좀 한다고 큰일 나는 것도 아니잖아. 차주혁은 팔이 부러지고, 담임은 실직. 그 정도면 딱 좋은 복수지.'

머리로는 알았다. 이쪽 세계의 주혁은 자신을 괴롭힌 주혁이 아니고, 매니저도 담임이 아니다. 그렇지만 복수를 하지 않으면 영원히 원래 세계의 박도율로 살아가야 할 것만 같았다. 망치를 쥔 도율의 손에 힘이 들어갔다.

이건 의식이다. 이쪽 세계의 박도율이 되기 위한 의식.

"온다. 준비해."

골목 저쪽에서 주혁이 다가왔다. 불러낸 사람이 도준이라 그런지 험악한 표정이었다. 도율은 눈을 부릅뜨고 가까워지는 주혁을 노려봤다. 한 걸음, 또 한 걸음. 발소리는 빠르게 가까워졌다.

"야, 박도준. 어디 있냐? 할 말이 뭔데?"

주혁이 골목에 놓인 자판기 앞에 와 섰다. 도율이 몸을 숨긴 자판기였다. 자판기 뒤에서 도준이 툭, 도율의 어깨를 떠밀었다. 나가, 빨리. 벙긋거리는 입 모양이 도율을 재촉했다.

"사과하고 싶다기에 나오긴 했는데…… 박도준, 이 자식을 믿을 수가 있어야지. 헉, 뭐야!"

도율은 자판기 뒤에서 뛰쳐나가며 망치를 휘둘렀다. 주혁은 자신을 향해 달려드는 도율을 보자마자 뒤로 물러서며 도율의 손을 잡았다. 망치를 쥔 도율의 손이 허공에 붙들렸다.

"야, 너 왜 이래? 율아, 정신 차려!"

"닥쳐! 난 널 용서 못 해."

주혁에게 붙잡힌 도율의 팔이 부들부들 떨렸다. 도율은 아랫입술을 꽉 깨물고 있는 대로 몸에 힘을 줬다. 주혁의 표정에 혼란스러운 기색이 역력했다.

"나를? 왜?"

"네가 나한테 한 짓을 넌 모르겠지."

"내가 뭘 했는데? 율아! 박도율, 우리 친구잖아."

주혁의 하소연은 도율에게 와닿지 않았다. 오랫동안 눌러온 분노가 도율의 몸 안에서 터져 나왔다. 손등에 울퉁불퉁 핏줄이 섰다.

"이쪽 세계의 네가 갚아야 해."

"미치겠네. 율아!"

"갚아야 한다고!"

도율은 주혁의 팔을 뿌리쳤다. 망치를 쥔 손이 큰 반원을 그리며 도율의 몸 뒤로 넘어갔다가 앞으로 밀려왔다. 반동으로 몸이 휘청거렸다. 주혁이 도율의 허리를 향해 달려들었고 도율은 손을 휘둘렀다. 그 순간, 수박을 통째로 땅에 떨어뜨렸을 때와 비슷한 파열음이 도율의 귓가를 때렸다. 주혁은 무너지듯 바닥에 쓰러졌다.

"성공했어⋯⋯."

도율은 넋이 나간 듯 중얼거렸다. 웃으려 했다. 그러나 도저히 미소가 지어지지 않았다. 계획이 성공했다는 기쁨도, 복수를 해냈다는 통쾌함도 없었다. 그저 다리가 후들거릴 뿐이었다.

"오! 저질렀네, 저질렀어! 잘 찍혔다."

도준이 다가와 쓰러진 주혁의 허리를 발로 툭 찼다.

"이 자식, 계속 거슬렸어. 논디마 주제에 손재주 좀 있다고 까분단 말이지. 내 바이크부터 점검해 달라는 것도 싹 무시하더라."

도준은 주혁의 옆에 쪼그리고 앉아 얼굴 가까이 귀를 가져갔다.

"숨을 안 쉬는데? 야, 팔만 부러뜨린다더니 머리를 치면 어쩌냐?"

"수, 숨을 안 쉰다고?"

"그래. 죽은 거 아냐? 소리 장난 아니던데."

도율은 뒷걸음질 쳤다. 등에서 땀이 주르륵 흘렀다.

"아냐. 나는⋯⋯ 죽일 생각은⋯⋯."

도율은 도망쳤다. 정신없이 뛰는 동안 아무 생각도 할 수 없었다. 담임에게 부상을 입혔을 때와는 비교도 되지 않는 두려움이 도율의 등을 떠밀었다.

'내가 사람을 죽였어.'

택시를 잡아타고 집으로 향하는 내내 온몸이 떨렸다. 운전기사가 감기에 걸린 거냐고 물어볼 만큼 심한 떨림이었다. 집에 도착한 도율은 방에 뛰어 들어가 이불을 뒤집어썼다.

'정말 죽은 거면 어쩌지? 디마는 살인도 감형이 되나? 아, 씨……. 잘했어야 하는데. 잘할 수 있었는데. 차주혁, 그 자식이 덤벼들어서…….'

일이 커져서 디마이 자격을 박탈당하면 어떡하지. 연이어 떠오른 생각이 도율을 더욱 옥죄었다. 쓰러진 주혁을 봤을 때 느꼈던 순수한 죄책감을 완전히 덮을 만큼의 공포였다.

"야! 그러고 튀면 어떻게 해?"

도율의 방문이 벌컥 열리고 도준이 들어왔다.

"구급차 불러서 실어 보냈어. 숨 제대로 쉬고 있었으니까 걱정 마."

"죽은 게 아니라?"

"의식불명. 죽진 않았어. 그 이상은 몰라. 우연히 발견한 척했거든."

도율은 이불 밖으로 슬며시 기어 나왔다. 주혁이 죽지 않았다는 말에 안도감이 몰려왔다. 도준은 침대에 걸터앉아 도율에게 휴대폰 화면을 내보였다.

"어때. 끝내주게 찍혔지? 네 얼굴 확실히 나오게 찍으려고 고생 좀 했다."

"치워. 자수할지 말지 차주혁 상태 좀 보고 정해야겠어."

고개를 돌려도 도준은 끈질기게 도율의 코앞으로 휴대폰을 들이밀었다. 결국 도율은 짜증을 내며 도준의 손을 쳐냈다.

"아, 치우라고!"

"큰소리칠 입장이 아닐 텐데. 네가 봐야 할 건 차주혁의 상태가 아냐."

"무슨 소리야?"

도준은 능글맞은 웃음을 띠며 손부채를 부쳤다.

"급하게 왔더니 목마르네. 야, 편의점 가서 아이스크림 좀 사 와."

"냉장고에 있는 거 먹어."

"나 근육 만드는 중이라 제로 슈거만 먹어. 사 와, 빨리."

"미쳤나, 진짜."

원래 세계였다면 도준이 명령을 하자마자 달려 나갔을 도율이었다. 부탁을 들어주지 않으면 도준이 난리를 쳤고, 부모님은 도율을 탓했다. 하지만 이쪽 세계의 부모님은 도준을 편애하지 않았다. 이쪽 세계에 온 후 도율은 엄마의 통화를 엿들은 적이 있었다. 말썽을 피우고 다니는 도준보다 도율에게 훨씬 기대를 걸고 있다는 말에 두둥실 구름에 올라탄 듯 기분이 좋아졌다. 이쪽 세계의 완벽함은 도준이 폭군으로 군림할 수 없기에 완성되었다.

"미치긴. 잘 들어. 디마가 매니저와 책임을 공통으로 나누지 않고 전적으로 책임을 지는 경우는 1항, 디마가 논디마에게 의도적으로 상해를 입혔을 경우에 해당한다. 이는 디마와 논디마 사이에 심화되고 있는 차별이 격화되는 것을 방지하기 위한 특별 조항이다. 이 조항은 논디마의 상해가 전치 1주를 넘길 때부터 적용된다. 또한 이는 형량의 정도와 무관하게 디마의 자격을 박탈하는 것을 전제로 한다."

"뭐야, 그게……."

도율의 안색이 새파랗게 질렸다.

"뭐긴. 그러게 디마이 규정집을 잘 읽었어야지. 오늘부터 내가 하는 말 안 들으면 알지? 내 휴대폰에 어떤 동영상이 있는지."

도준이 자신의 휴대폰을 톡톡 치며 음흉하게 웃었다. 도율은 다급히 도준의 휴대폰으로 손을 뻗었다. 그러나 도율의 손가락이 스치기도 전에 휴대폰은 도준의 셔츠 주머니 안으로 사라졌다. 도율은 휘청거리다 침대 위에 엎어졌다. 도준이 팔꿈치로 도율의 등을 난폭하게 눌렀다.

"형이…… 먼저 교육이니 뭐니 했잖아."

도율은 이불에 얼굴이 파묻힌 채 웅얼거렸다.

"그걸 동영상으로 남기는 바보짓은 안 하지. 잘됐다. 교육도 슬슬 걸릴 것 같아서 잠깐 쉬어가려고 했거든. 그동안은 너가지고 놀아야겠다."

잘 부탁한다, 내 장난감. 키득거리는 도준의 웃음소리가 멀게 들렸다. 원래 세계를 지배했던 폭군이 이쪽 세계에도 강림했다. 형에게 당했던 괴롭힘이 하나둘 머릿속에 떠올랐다.

'형에게 벗어난다 해도 끝이 아니야…….'

주혁이 의식을 찾으면 그걸로 끝이다. 주혁이 증언하는 순간, 도율은 디마의 자격을 잃게 된다. 디마로서의 특권이 사라진 세계. 평생 동안 형에게 약점이 잡힌 채 살아야 하는 세계. 범인으로 지목된 후 손가락질받는 자신의 모습이 도율의 머릿속에 파노라마로 펼쳐졌다. 밀려오는 어지러움이 이불에 얼굴을 파묻은 탓인지, 아니면 앞으로 일어날 일에 대한 공포 때문인지 분간할 수 없었다.

이쪽 세계는 더 이상 천국이 아니다.

'누구든 나 좀 도와줘.'

원래 한심한 박도율이 조금 더 한심해지는 것이 차라리 나았다. 디마이라는 천국에서 추락한 박도율이 되면 견딜 수 없을 것만 같았다.

'담임은 크게 다치진 않았을 거야. 남임이 학교폭력을 모른 척했다는 걸 밝히면 학교에서도 크게 문제 삼지 않을 수도 있어. 그리고 어쩌면……. 진짜 운이 좋으면……'

운이 좋으면 원래 세계도, 이 세계도 아닌 완전히 다른 세계로 갈 수도 있지 않을까. 퍼뜩 떠오른 생각에 도율은 주먹을 꽉 움켜쥐었다.

'완전히 다른 세계. 나를 인정해 주고 도와주는 누군가가 있는, 그런 세계에 갈 수 있을지도 몰라. 그래! 평행세계에서 원래 세계로 돌아가려다가 완전 다른 곳으로 가게 되는 건 클리셰잖아.'

다시 한번, 완전히 다른 세계로 갈 수 있다면 더 이상 복수 같은 건 선택하지 않을 것이다.

'나로아를 찾아가자.'

무슨 수를 쓰든 한 번 더 쉬프팅을 해야만 했다.

지하철 창 너머로 연한 주황빛 노을이 번져 들어왔다. 로아는 길게 뻗은 발끝을 움직여 보았다. 빛의 그물이 지하철 바닥에 넓게 펼쳐졌다가 덜컹이는 흔들림에 사라졌다. 바다에 발을 담갔다가 빼듯 다시 발끝을 곤추세웠다. 로아의 어깨에 기대어 잠든 진윤의 숨소리가 흡사 파도 소리 같았다. 플레이 그라운드로 돌아가는 지하철은 그 순간만큼은 바다였다. 물로 가득한, 더없이 마음껏 숨 쉴 수 있는 공간이었다.

'나, 지금 이상할 정도로 행복해.'

로아는 불쑥 치솟아 오른 행복이 이상했다. 이곳은 학교도 아니고 플레이 그라운드도 아닌데, 왜 이렇게 편안한 걸까. 로아는 주머니 안에 든 사진을 만지작거렸다. 로아와 진윤, 태이까지 셋이서 찍은 사진이었다. 진윤이 졸라대는 통에 크로스로드에 있는 포토 부스에서 함께 찍었다.

'그렇구나. 내가 머물고 싶던 곳은 학교 그 자체가 아니었어. 좋아하는 사람들과 함께 있는 것. 그들과 있을 수 있는 안전한 공간을 사랑했던 거야.'

그 순간, 세 사람이 나란히 앉은 지하철 안이 로아에겐 완벽한 바다였다.

"진짜 좋다."

창밖을 보던 태이가 혼잣말처럼 중얼거렸다.

"그러게. 노을 엄청 예쁘지."

"아니. 내가 좋다고 한 건…‥."

태이가 고개를 돌려 로아를 바라보았다.

"로아 네가 함께인 게 좋다고."

"나?"

"아니. 이상한 뜻이 아니라!"

태이가 다급히 손을 내저었다.

"네가 오기 전까지는 가끔씩 나 혼자인 것만 같았거든. 플레이 그라운드의 아이들은 나보다 어리잖아. 진윤이는 나와 동갑이지만 아직 불안정하고. 난 가족이 없으니 그 애들이 가족 같거든. 그래서 지켜주고 싶어. 하지만 가끔……. 힘들더라. 센터 사람들은 나도 아직은 어린아이니까 자기들한테 마음껏 의지하라고 하지만 그러지 못하겠더라고. 센터도 늘 사람이 부족해 힘들어하니까. 그런데 네가 온 후로는 혼자란 생각이 안 들어. 너랑 같이 있으면 뭔가……. 표현을 잘 못하겠네. 여하튼 좋아."

언제나 어른스러워 보였던 태이였기에 그 고백은 뜻밖이었다. 하지만 로아는 태이를 이해할 수 있었다. 아무리 힘들어도 밝고 즐거운 척 연기를 계속해 온 로아였으니까.

'태이도 어른스러운 척했던 걸지도 몰라.'

태이도 숨을 쉴 장소를 가지고 있을까. 로아는 노을로 물든 태이의 뺨을 향해 무심코 손을 뻗었다.

"로아야?"

태이의 뺨에 손가락 끝이 닿았을 때에야 로아는 퍼뜩 정신을 차렸다.

"무, 무지개가 있었어! 네 뺨에."

"무지개?"

"노을빛이 반사되어서 만들어졌나 봐. 엇, 우리 이제 내려야 돼!"

때마침 열차 출입문이 열렸다. 로아는 다급히 진윤을 흔들어 깨우며, 태이의 뺨에 닿았던 손가락이 간질간질한 것을, 귓불이 뜨거워진 것을 태이가 알지 못해서 다행이라고 생각했다. 지하철에서 내리며 로아는 태이의 옆모습을 힐끔 쳐다보았다. 분식집에서 알게 된 또 하나의 진심을 이제는 더 이상 무시할 수 없었다.

김태이가 좋다. 그것도 아주 많이.

'좋아하는 사람들과 함께 있을 수 있는 곳……'

그곳이 태이가 있는 곳이라면, 함께 지키고 싶다. 같이 석양이 깔린 골목을 걸어 플레이 그라운드로 돌아가는 동안, 로아의 마음 한쪽에 새로운 각오가 뭉글뭉글 피어올랐다.

"야옹."

플레이 그라운드 안으로 들어가려는데, 어디선가 나타난 삼색 고양이 한 마리가 로아의 발목에 얼굴을 비볐다.

"어, 너……. 쉬프팅 할 때 있던 고양이 맞지?"

로아가 반색하며 안아 올리려 하자 고양이는 로아의 손을 피하듯 안쪽으로 달려갔다. 로아는 고양이의 뒤를 따라갔다. 고양이는 1층 한가운데 설치된 원형 엘리베이터로 향했다. 그러고는 닫힌 엘리베이터 문 앞에 멈춰 서서 로아를 바라보며 재촉하듯 한 번 더 야옹, 하고 울었다.

"그거 고장 나서 안 열려. 애초에 자동문이 아닌데 앞에 선다고 열리겠니?"

로아는 고양이를 안아 들려고 허리를 굽혔다. 그 순간, 엘리베이터 버튼 옆에 달린 금속판이 보였다.

'이전에 확인했을 땐 분명히 번호판이 없었는데?'

로아는 고양이를 안고 번호판을 들여다봤다.

$$\boxed{\text{0000-000}}$$

찾아 헤매던 제로 넘버가 그곳에 새겨져 있었다.

디데이

디데이 아침. 플레이 그라운드에 손님이 찾아왔다. 시청에서 나왔다는 직원은 기계적인 말투로 내일 오후 6시까지 건물을 비우라는 내용의 퇴거명령서를 줄줄이 읽고 갔다. 퇴거명령서를 받아 든 태이의 주변으로 아이들이 몰려들었다.

"형. 우리 여기서 쫓겨나?"

"오늘 작전은 어떻게 되는 거야? 중지야?"

태이는 아이들의 머리를 쓰다듬었다.

"걱정 마. 우리 작전은 아무 문제 없어."

"율이 형이 없어도?"

태이와 로아는 서로 눈빛을 교환했다.

"그럼. 다들 자기 역할 잊지 않았지? 저녁까지 준비해야 할 게 많으니까 들어가자."

태이가 손뼉을 치며 앞장서서 건물 안으로 들어갔다. 아이들은 양치기를 따라가는 양 떼처럼 우르르 태이의 뒤를 따라갔다. 로아는 홀로 출입문 앞에 서서 플레이 그라운드를 올려다보았다. 처음에는 문을 열기도 망설여졌던 낯선 곳이 지금은 그저 친근했다.

'내년이면 이곳이 아닌 다른 어딘가가 플레이 그라운드가 되겠구나.'

그곳은 어떤 곳일까. 그곳에서 아이들은 어떻게 지내게 될까. 로아는 건물 안으로 천천히 걸음을 옮겼다.

'새로운 플레이 그라운드에 내 자리도 있으면 좋겠다.'

불쑥 떠오른 생각에 로아는 잠시 원형 엘리베이터를 바라봤다. 펜스 앞에 삼색 고양이가 앉아 있었다. 고양이가 로아를 향해 야옹, 짧게 울었다.

'원형 엘리베이터가 제로 넘버가 된 게 저 고양이 때문일지도 몰라.'

로아는 고양이에게 눈을 흘겼다. 고양이가 나타나지 않았다면 고민할 필요가 없었다. 제로 넘버를 찾지 못했다는 핑계로 자연스럽게 이쪽 세계에 머물렀을 것이다.

'이곳에 올 때와 똑같은 상황. 그건 박도율이 아니라 고양

이와 함께여야 한다는 뜻이었을 수도 있어.'

어제저녁, 로아는 역 쉬프팅을 해볼까 말까 망설였다. 이곳에 처음 왔던 때라면 억지로라도 엘리베이터 문을 열고 안에 들어가 번호판을 눌렀을 거다. 하지만 로아는 굳게 닫힌 엘리베이터 앞에서 한참을 주저하다 뒤돌아서며 문이 열리지 않으니 어쩔 수 없지, 하고 자기변명을 했다. 고양이는 그런 로아의 본심을 눈치챘다는 듯이 한 번 울더니 로아의 품 안에서 풀쩍 뛰어내려 건물 밖 어둠으로 사라졌다.

고양이가 사라진 것이 전혀 아쉽지 않았다. 오히려 안심이 되었다. 이대로 고양이가 다시 나타나지 않으면 제로 넘버도 사라지지 않을까 싶었다.

하지만 지금, 고양이는 보란 듯이 다시 나타났다.

돌아갈 거니?

고양이의 동그란 눈이 그렇게 묻는 듯했다.

'돌아가면……. 원래 세계로 돌아가면.'

그곳에는 학교가, 친구들이 있다. 네가 나를 모른 척하는 꿈을 꿨어, 라고 혜인에게 말하면 혜인은 내가 그럴 리가 있냐며 웃을 터였다. 오직 그뿐이있다. 원래 세계를 떠올렸을 때 유일하게 그리운 존재는 친구들뿐이었다. 이쪽 세계를 선택하면 원래 세계의 친구들을 배반하는 거 아닐까. 그것만이 마음에 걸렸다.

'정신 차리자. 오늘은 중요한 날이야. 디데이라고.'

로아는 고양이에게서 눈을 떼고 뒤돌아섰다.

디마이에 들어가 폭죽을 쏘아 올릴 사람.

로아는 그 역할을 해내야 했다.

'UN 올해의 학생 선정 기념식'이라고 쓰인 배너가 가로수길 곳곳에서 휘날렸다. 로아는 바이크에서 내려 헬멧을 벗고 눈앞에 곧게 뻗은 가로수길을 봤다. 유니폼 차림의 아이들이 두세 명씩 어울려 디마이로 향하고 있었다. 이제 곧 저 무리에 끼어들어야 한다고 생각하자, 입고 있는 디마이 유니폼이 몸을 조여 오는 듯했다.

'잘할 수 있을까?'

이제부턴 혼자서 저 안으로 들어가야 한다. 이쪽 세계에 온 첫날, 몸을 밀치던 가드의 매서운 표정이 떠올랐다. 헬멧을 쥔 손에 땀이 축축하게 배어들었다.

"로아야."

어느새 바이크에서 내린 태이가 로아의 옆에 섰다.

"손 좀 줘봐."

로아가 손을 내밀자 태이는 로아의 손목에 시계를 채웠다.

"7시 정각에 맞춰 알람 설정이 되어 있어. 그리고 이거 무전기도 되거든."

태이가 자신의 손목을 들어 보였다. 태이도 똑같은 시계를 차고 있었다.

"이걸로 상황 공유하자."

"알았어. 알람이 울리면 폭죽을 쏘면 되는 거지?"

로아는 자기 자신에게 확인하듯 계획을 되물었다.

"동시에 태이 넌 플레이 그라운드에서 폭죽을 터뜨리고."

"그럼 길거리에 사람들이 글자를 새길 거야."

"보잘것없는 촛불이 큰 글자가 되겠지."

로아는 들고 있던 헬멧을 태이에게 건넸다. 헬멧을 쥔 손이 부들부들 떨리고 있다는 걸 그제야 알았다. 태이가 헬멧 위로 로아의 손을 꽉 움켜쥐었다.

"로아야. 나는 플레이 그라운드가 네 집이었으면 해."

태이의 손에서 전해지는 온기에, 손의 떨림이 잦아들었다.

"집은 뭘 못하든 잘하든 그냥 있어도 되는 곳이잖아. 도움이 되어야 한다거나 그런 건 필요 없어. 쓸모없어도 돼. 로아 네가 있고 싶으면 있어도 되는 그런 장소였으면 해. 그러니 무섭다면 지금 그만둬도 돼."

"아니. 무섭지 않아."

로아는 고개를 가로저으며 헬멧을 태이의 품에 안겼다.

"멋지게 성공할 테니 걱정 마."

로아는 태이를 바라보며 싱긋 웃었다. 그러고는 몸을 돌려

빠른 걸음으로 가로수길을 걸어 올라갔다.

디마이가 가까워질수록 발걸음이 오히려 침착해졌다. 디마이 정문 안쪽에서 흥겨운 음악 소리가 들려왔다. 정문 앞에 선 가드가 힐끔, 로아를 살피듯 봤다. 로아는 애써 태연한 척 정문 리더기에 학원증을 가져다 댔다. 문은 열리지 않았다. 다시 한번 시도했지만 마찬가지였다.

'왜지? 왜 열리지 않지? 역시 진짜가 아니라서?'

로아는 한 걸음 뒤로 물러섰다. 이대로 디마이 안에 들어가지 못하면 디데이 계획은 실패다. 실패하면 어떻게 될까. 입안이 까끌까끌하게 말랐다. 로아는 한발 물러나 리더기를 이용하는 아이들의 모습을 유심히 지켜보았다.

'어라……. 카드 인식 후에 또 무슨 숫자를 누르네?'

이전에 봤을 때는 분명 카드 인식만 했었다. 숫자를 훔쳐보려고 로아가 아이들의 등 뒤를 갸웃거릴 때였다.

"무슨 문제 있습니까?"

로아의 등줄기를 따라 식은땀이 흘렀다. 바로 옆에 다가온 가드의 의심스러운 눈빛이 로아의 옆얼굴에 내리꽂혔다.

"아뇨. 친구를 기다리는 것뿐이에요."

"그렇습니까. 그런데 혹시, 이전에……."

"저기 오네요!"

로아는 서너 명의 아이들 무리를 손가락으로 가리켰다. 그러고는 가드가 무어라 하기 전에 그 무리를 향해 뛰어갔다.

"나로아?"

아이들 옆을 스쳐 지나가려던 로아는 자신을 부르는 소리에 주춤 멈춰 섰다. 아이들 속에 혜인이, 이쪽 세계의 혜인이 눈을 휘둥그레 뜨고 로아를 바라보고 있었다.

"너 왜 여기 있어? 그 옷은?"

로아는 뒤를 돌아보았다. 여전히 가드가 인상을 쓰고서 로아를 노려보고 있었다. 로아는 빈주먹을 꽉 움켜쥐었다.

'어떻게든 들어가야 해.'

열리지 않는 정문과 의심으로 무장한 가드를 뚫고 디마이 안으로 들어갈 수 있는 방법은 하나뿐이었다. 로아는 혜인의 손을 덥석 잡았다.

"혜인아!"

"뭐, 뭐야. 이거 놔!"

"기념식 갈 거지? 나랑 같이 가자."

제발 나 좀 도와줘. 로아는 혜인의 손을 꽉 움켜잡았다. 혜인이 자신을 반길 거라는 기대는 하지 않았다. 이쪽 세계에 왔던 첫날처럼 혜인이 가드를 부를 수도 있었다. 그러나 썩은 동아줄이라도 잡아봐야만 했다.

"누구야? 못 보던 얼굴인데?"

"최혜인하고 아는 사이면 뻔하지 뭐. 중간 합류겠지. 최혜

인, 네 친구랑 갈 거면 얼른 꺼져. 뻔뻔하게 중간 합류 한 명
더 달고 들어올 생각 말고."

"아니면 둘이 같이 가서 우리 자리 좀 맡아놓든가. 그럼 껴
줄게."

혜인과 함께 있던 아이들이 저마다 한마디씩 던졌다. 혜인
이 말없이 고개를 숙이자 그중 한 아이가 혜인의 뒤통수를 때
렸다.

"빨리 결정해, 좀. 하여간 만날 느려터져서는."

로아는 혜인의 뒤에 선 아이들을 매섭게 노려보았다. 눈앞
의 혜인이 이쪽 세계의 혜인이든 원래 세계의 혜인이든 혜인
은 로아의 친구였다.

"너희 뭐야? 깡패야?"

"뭐?"

아이들은 넌 뭐냐는 듯이 로아를 바라보았다.

"왜 혜인이 머리를 때려?"

로아는 아이들과 대치하듯 마주 섰다. 원래 세계였다면 길
에서 누군가 시비를 걸어도 웃음으로 무마하고 넘어갔을 것이
다. 부당함에 항의했다가 집에 연락이라도 가면 큰일이니까.

'하지만 여긴 그곳이 아냐. 무리해서 웃지 않아도 돼.'

로아는 턱에 꽉 힘을 주고 말을 이었다.

"언어능력이 부족해서 그러는 거야? 하긴, 중간 합류는 디

마이 들어올 때 테스트라도 보지. 너희는 부모 재산으로만 들어온 애들이니 머리가 좋을 리 없지."

"뭐라고? 야! 최혜인이 말귀를 못 알아들으니까 그러는 거 아냐!"

"혜인이한테 대답 맡겨놨어? 사람이 판단을 할 땐 시간이 걸린다는 것도 머리가 나빠서 모르나 보네. 혜인이가 말을 못 알아들은 게 아니라 너희가 한 말이 들을 가치가 없는 걸 수도 있단 생각은 못 하지?"

"뭐? 이게 진짜!"

"너희끼리 가."

그때까지 잠자코 고개를 숙이고 있던 혜인이 불쑥 입을 열었다.

"난 로아랑 같이 갈 테니까."

혜인의 단호함에 아이들이 작게 술렁거렸다.

"뭐야. 최혜인답지 않게 왜 저래."

아이들은 서로 눈빛을 주고받다가 슬그머니 정문 안으로 사라졌다. 로아와 단둘이 남자 혜인은 다시 고개를 숙였다. 어색한 공기가 두 사람 사이를 떠돌았다. 로아가 혜인의 손을 놓으려 할 때였다.

"가자."

혜인이 로아의 손을 움켜잡았다.

"혜인아."

"뭔 일인지 몰라도 디마이 카드 있지? 같이 들어가자고 했으니까."

혜인이 로아의 손을 잡아끌었다. 빨리 와. 빨리. 재촉하는 모습은 로아가 알고 있는 혜인 그대로였다. 로아와 혜인은 나란히 정문 앞에 섰다. 혜인이 카드를 대고 지문을 인식하더니 숫자 네 자리를 눌렀다.

"이거 너무 번거로워. 기념식이라고 보안을 강화할 필요가 뭐가 있냐고. 애초에 이따위 숫자 몇 개 더 입력한다고 보안이 돼? 보여주기식 운영이라니까."

로아는 투덜거리는 혜인의 손끝을 유심히 응시하며 숫자를 외웠다. 로아가 학원증을 꺼내 리더기에 대자 혜인은 신기한 듯 학원증을 봤다.

"디자인이 내 거랑 다르네."

"디마이 카드가 아니거든."

로아는 웃으면서 외운 숫자를 눌렀다.

"디마이 카드가 아니면 뭔데?"

"학원증."

"학원? 그게 뭐야?"

"있어. 네가 엄청 싫어하는 곳."

드디어 문이 열렸다. 두 사람은 동시에 디마이 안으로 들어갔다. 정문 안으로 완전히 들어선 후에야 혜인은 로아의 손을 놓았다.

"이상해. 너, 내가 아는 로아가 아닌 것만 같아. 학원이니 뭐니 그런 말도 낯설고."

어떻게 설명해야 할까. 네가 아는 나로아는 지금 어디 있는지 몰라. 나는 분명 로아지만 나로아의 자리를 빼앗은 것일지도 모르고. 정리되지 않은 말들이 로아의 혀끝에서 마구 뒹굴었다.

"아니다. 바뀐 건 나지. 예전의 나는 친구를 모른 척하고 그런 애 아니었잖아. 이상해, 로아야. 디마이에 오면 진짜 행복해질 줄 알았거든. 그런데 행복하지가 않아. 나 친구도 없어."

"혜인아."

혜인은 손으로 얼굴을 마구 문지르고는 로아를 향해 헤실헤실 웃어 보였다.

"내가 별소리를 다 하네. 신경 쓰지 마. 빨리 가. 잘 모르겠지만 뭔가 급한 일이 있는 거지? 그래서 내가 원망스러워도 아는 척한 거지? 그런데 로아야, 이거 하나만 믿어줘."

혜인이 빨갛게 충혈된 눈으로 로아를 봤다.

"그날 있잖아. 네가 처음 디마이에 찾아온 날. 그날 가드 부른 거 나 아냐. 아까 걔들이 그런 거야."

"믿을게."

로아는 크게 고개를 끄덕거렸다.

"그리고 네가 왜 친구가 없어? 나 있잖아. 같이 있진 못해도 우리 친구잖아."

그건 눈앞의 혜인만이 아닌, 원래 세계의 혜인을 향한 말이기도 했다. 로아와 혜인은 잠시 동안 서로를 바라보다가 동시에 생긋 웃었다. 로아는 뒤돌아서서 동상이 있는 중앙 광장을 향해 뛰었다.

'그래. 떨어져 있어도 친구는 친구인 거야.'

막막하던 죄책감의 해답을 찾은 것만 같았다.

중앙 광장은 사람들로 북적거렸다. 동상을 중심으로 광장 앞쪽에 커다란 무대가 설치되어 있었고, 양옆으로는 다양한 노점들이 들어서 있었다. "수상 축하 공연은 방송 송출이 끝난 7시 10분부터 진행됩니다."라는 안내 멘트가 간간이 광장 전체에 울려 퍼졌다.

로아는 빠르게 사람들 틈을 빠져나가 동상 뒤쪽으로 향했다. 왁자지껄한 앞쪽과 다르게 동상 뒤쪽은 시설물을 설치하고 남은 부자재가 어지럽게 널려 있었다. 그 아래쪽에 있는 철문 손잡이를 잡아당기자 문은 아무런 저항 없이 열렸다.

동상 안은 어두컴컴하고 넓은 창고처럼 되어 있었다. 한쪽에 위로 올라가는 계단이 이어져 있었다. 로아는 계단을 걸어 올라갔다. 6시 30분. 폭죽을 터뜨려야 할 시간까지는 30분이 남았다. 꼭대기까지 올라가기에 충분한 시간이었다.

'디데이가 성공적으로 끝나면 태이에게 말하자.'

로아는 계단을 올라가며 결심했다. 한 걸음 한 걸음 올라가 숨이 거칠어지는 만큼 망설임이 사라졌다. 그럴수록 절실하게 오늘의 작전을 성공시키고 싶어졌다. 폭죽을 쏴 올리는 미션을 성공하면 플레이 그라운드에 머물 자격이 생길 것만 같다. 로아는 주머니 안에 든 폭죽 총을 꽉 움켜쥐었다. 태이가 개조해서 화력을 올린 특별한 총이었다. 총을 소중히 어루만지며 계속 계단을 오르던 로아의 눈앞에 또 하나의 철문이 나타났다. 손잡이를 당겼다. 하지만 철문은 꼼짝도 하지 않았다. 몇 번을 당겨도 마찬가지였다. 철컹철컹. 자물쇠 덜컹거리는 소리가 층간의 고요함을 깨뜨렸다.

"안 열려……."

로아의 안색이 창백하게 질렸다. 문이 반대편에서 잠겨 있는 게 분명했다.

'어쩌지? 어떻게 하면…….'

이대로 위에 올라가지 못하면 디데이는 실패다. 로아는 다급히 주변을 두리번거리다가, 벽 쪽에 난 커다란 창문으로 몸을 내밀어 밖을 살폈다. 창은 동상의 바깥이 아니라, 구조물이 층층이 설치된 빈 공간으로 연결되어 있었다. 동상 안쪽에서

수리할 수 있게 만들어놓은 공간인 듯 발코니가 있었다. 발코니에는 로프가 길게 내려와 있었다. 로아는 창문을 뛰어넘어 발코니에 섰다.

'이 로프가 꼭대기까지 설치되어 있을 거란 보장은 없어. 또 문이 있어서 잠겨 있을 수도 있고. 하지만 아무것도 하지 않을 순 없잖아.'

로아는 안전벨트를 허리에 차고 로프를 잡았다.

'디데이를 성공시킬 거야. 성공시키고야 말겠어.'

로아는 벨트의 고리를 꽉 조인 후 발판을 밟고 벽을 올랐다. 한 발 위로, 또 한 발 위로. 로아는 다람쥐처럼 민첩하게 위로 향했다.

그러나 거침없던 로아의 등반은 한순간 중단되었다. 몸의 반응으로 알 수 있었다. 14미터다. 로아는 고개를 들어 위를 바라보았다. 로프가 걸린 위쪽 창문까지는 얼마 남지 않았다. 저주다. 1미터의 저주. 발이 발판에 달라붙기라도 한 듯 도저히 떨어지지가 않았다. 등이 뻣뻣해졌다. 금방이라도 밧줄을 놓칠 듯 손에 힘이 빠졌다. 가쁜 호흡이 몰려왔다.

'움직여. 움직여야 해.'

쓸데없는 것. 넌 쓸모없어. 어디선가 아버지의 목소리가 들려오는 듯했다. 로아는 두 눈을 질끈 감았다. 그리고 크게 숨을 내쉬었다.

'숨을 쉬자, 숨을. 떠올려봐. 이곳에서의 날들을.'

태이를 처음 만났을 때가 떠올랐다. 수상하기만 했던 남자아이. 플레이 그라운드를 알게 된 후 그곳에 가고 싶어졌던 마음. 아버지에게 처음으로 반항했던 일. 진윤을 구하러 하이에나의 콜센터 건물에 숨어 들어갔던 일. 진윤과 함께 디마이 유니폼을 입고 깔깔 웃던 기억과 지하철의 작은 덜컹거림, 창밖으로 들어오던 노을. 태이의 옆얼굴까지.

언제나 가본 적도 없는 어딘가가 그리웠다. 완전히 숨 쉴 수 있는 곳. 드디어 찾아낸 이 곳을, 좋아하는 사람들과 함께 있을 수 있는 이 곳을 지키고 싶었다.

'나는…… 숨 쉴 수 없는 날들로 돌아가지 않아!'

기억을 떠올릴 때마다 밧줄을 쥔 손에 조금씩 힘이 들어갔다. 로아는 눈을 뜨고 위를 똑바로 바라보았다. 다시 한번 크게 숨을 내쉬자 가쁘던 호흡이 가라앉았다. 팔에 힘을 주고 동시에 발판을 박찼다. 몸이 가볍게 위로 솟구쳤다. 단 한 칸 발판을 올랐을 뿐이었지만 찔끔 눈물이 났다.

드디어 벗어났다. 1미터의 저주.

등에 날개라도 돋은 듯 걸음걸음이 가뿐했다. 단숨에 로프 끝에 다다랐다. 로아는 벽을 딛고 로프가 설치된 창 너머로 넘어가 재빨리 벨트를 풀고 계단을 올랐다. 한 층을 뛰어 올라가자 또 하나의 철문이 나타났다. 아랫입술을 꽉 깨물고 문고리를 당겼다.

문이 열리자 어디선가 시원한 바람이 불어 들어왔다. 문 건너편은 바깥으로 이어져 있었다. 문밖으로 나가자 탁 트인 전망대가 눈앞에 나타났다. 동상의 꼭대기, 로아의 목적지였다. 로아는 시계를 봤다. 6시 58분. 주머니에서 폭죽 총을 꺼내 들었다.

"해냈어! 성공이야!"

7시. 시계의 알람이 울렸다. 로아는 권총을 높이 들어 올려 방아쇠를 당겼다. 화려한 폭죽이 하늘을 수놓았다. 로아는 플레이 그라운드에서 쏘아 올렸을 또 하나의 폭죽을 떠올렸다. 그 빛이 넓게 퍼져 자신이 만들어낸 빛과 어우러지는 것을 상상했다. 하나가 된 빛은 거리에 내려앉아, 촛불로 글씨를 만들어내고 있을 사람들과 함께할 것이다. 그것은 이제껏 본 적 없는 근사한 풍경일 것만 같았다.

로아가 동상 밖으로 나왔을 때, 무대에서는 연주가 시작되고 있었다. 로아는 신나는 음악을 뒤로하고 사람들 틈을 지나 정문으로 향했다. 디마이 정문을 빠져나와 가로수 길을 걸어 내려오는데 시계에서 소리가 났다.

"로아야. 대성공이야! 네가 쏘아 올린 폭죽, 최고였어!"

"로아 언니. 빨리 와! 찍힌 거 언니도 봐야 해!"

무전기 버튼을 누르자 진윤과 아이들의 목소리가 마구 뒤섞여 터져 나왔다.

"알았어. 지금 곧 갈게!"

그 어떤 노래보다도 흥겨운 외침이었다.

1.2만, 1.5만……, 3.2만. 컴퓨터 앞에 모여 앉아 SNS를 들여다보고 있던 플레이 그라운드의 아이들 사이에서 환호성이 울려 퍼졌다.

"됐다. 리트윗 수 장난 아니게 많아!"

모니터에는 서울 상공을 촬영한 영상과, 그 영상을 캡처한 사진이 떠 있었다. 사진 속 길거리에는 'E·F·A'라는 글자가 너울거렸다. 캡처와 영상을 올린 계정은 한두 개가 아니었다. 여러 계정이 앞다투어 사진과 영상을 올렸고, 그중 제일 팔로워가 많은 계정이 올린 게시물은 3만이 넘게 리트윗되었다.

> 방금 봤어? 게시물 올린 거 또 삭제되었어.

> 한국에서 교육이 그렇게 차별적으로 이루어지고 있다니 전혀 몰랐어. 한때 IMF를 겪었다고 해도 지금은 경제적 성장이 엄청난 나라잖아? 그런 곳에서 저런 정책이라니.

> 아이들에게 노동을 시킨다는 게 진짜일까?

디마이는 우리 베트남에도 침투해 있어. 한국과 비슷한 로비를 하고 있어. 다들 도와줘!

그 부분은 루머일 수 있어. 아직 확인된 게 없잖아.

아동노동은 세계적인 문제야. 우리 캄보디아의 아동노동 문제에도 관심을 가져줘. 다들 이런 이벤트성 시위를 벌여야만 관심을 가지는 거야? 바로 그게 문제야.

게시물이 자꾸 삭제되는 거 보면 언론을 통제하는 것일 수도 있지.

저런 나라에서 'UN 올해의 학생'이 선정되는 건 말도 안 돼. UN은 이 상황을 간과해서는 안 될 거야. 교육환경에 대한 조사도 없었단 이야기잖아.

한국 정부는 해명해야만 해.

다양한 언어를 사용하는 사람들이 앞다투어 의견을 게시하고 있었다. 아이들은 번역기를 사용해 그들의 의견을 모두 모니터링했다.

"봐. 이 사람은 우리나라 직업교육부에 직접 항의 멘션을 보내고 있어."

"'플레이 그라운드의 생활을 보장하지 않는 건 미성년자 학대' 이런 내용도 있네. 마루 쪽에서 우리에 대한 정보를 올린 걸, 삭제되기 전에 캡처해서 다시 올려줬어."

"외국에서 뉴스로 나올지도 몰라. 이쯤 되면 시청이 눈치 보지 않을 수 없겠지?"

로아는 상기된 아이들 틈에서 벗어나 2층으로 올라갔다. 방에 들어간 로아는 책상 한쪽에 놓아둔 일기장을 펼쳤다. 이쪽 세계의 나로아가 쓰던 일기장이었다. 로아는 의자에 앉아 잠시 고민하다가 펜을 들었다.

네가 언젠가 이 일기장을 읽게 되기를 바라. 안녕. 나는 또 다른 로아야. 나는 이곳에 와서 처음으로 내가 나로 있을 수 있는 곳을 찾았어. 너는 어떠니? 지금 네가 어디 있는지 모르겠지만 이 말을 꼭 전하고 싶어. 버려줘서 고마워.

펜을 내려놓고 일기장을 덮으려던 로아는 깜짝 놀랐다. 로아가 쓴 글씨 아래, 무엇도 쓰여 있지 않던 흰 종이 위로 서서히 글자가 나타났다. 투명한 천 아래 가려져 있던 물건이 물에 젖어 점점 윤곽을 드러내듯이 흐릿하던 글씨는 곧 읽을 수 있을 만큼 또렷해졌다.

　　나도 고마워. 난 이쪽 세계가 정말 좋아. 너도 알고 있니? 여긴 학교라는 게 있어. 도망칠 수 있다는 희망이 있어. 미안해. 나, 너의 자리를 빼앗은 것일지도 몰라. 하지만 난 돌아가고 싶지 않아. 정말, 정말로 미안해.

　　로아는 갑자기 나타난 글씨를 손바닥으로 쓸어 보았다. 그래도 글씨는 사라지지 않았다.

　　'설마 이거……. 이쪽 세계의 나로아가 내게 쓴 메시지?'

　　로아는 다시 펜을 들어 글을 썼다.

　　네가 말한 이쪽 세계가, 내가 있던 곳일까? 클라이밍, 하고 있니?

　　한참을 기다려도 대답은 돌아오지 않았다. 일기장은 언제 세계를 뛰어넘었냐는 듯 침묵을 지킬 뿐이었다.

성공과 실패 사이

시청에서 나온 직원은 이번에도 기계적인 말투로 어제 전달했던 퇴거명령이 취소되었다는 내용을 줄줄이 읽었다. 어제 저녁, UN 인권 이사회에서 한국 정부에 우려를 표시해 긴급 회의가 열렸다는 거였다. 태이는 퇴거명령 철회서를 받아 들고 깃발처럼 흔들었다.

"대성공! 얘들아, 축하 파티 시작이다!"

건물 창문 밖으로 색색의 색종이가 흩날렸고 아이들의 환호성이 아침 공기 속으로 퍼져 나갔다. 신이 난 아이들은 건물 복도를 뛰어다녔다.

"진윤 언니! 케이크 꺼내자, 빨리!"

"음악 틀어, 음악!"

강당에서 파티가 시작되었다. 작은 케이크와 과자 몇 봉지, 그리고 휴대폰에서 흘러나오는 음악이 전부였지만 그 어떤 성대한 파티보다도 완벽했다. 로아는 벽에 기대어 서서 진윤이 춤추는 모습을 지켜봤다. 태이가 로아의 옆에 와 섰다. 들뜬 리듬이 두 사람의 주변을 부드럽게 감쌌다.

"미안해."

태이가 불쑥 말을 건넸다.

"뭐가?"

로아가 눈을 동그랗게 뜨고 묻자 태이는 멋쩍은 미소를 띠며 로아를 봤다.

"제로 넘버 엘리베이터 찾는 거 도와준다고 했는데 시작도 못 했잖아. 로아 넌 디데이 성공시키려고 동상을 기어 올라가기까지 했는데."

"괜찮아. 그건 내게도 의미 있는 일이었어. 그리고 제로 넘버 엘리베이터는 찾지 않아도 돼."

왜냐면 난 돌아가지 않고 너희와 함께 있기로 마음먹었거든. 로아가 한 박자 텀을 두고 말을 이으려 할 때였다.

"로아 언니! 손님이야!"

열린 창문 너머, 바깥에서 누군가 로아를 부르는 소리가 들렸다.

"손님? 나한테?"

혹시 아버지가 마음이 변해서 찾아온 건 아닐까. 로아의 가슴이 덜컹 내려앉았다. 애써 담담한 척 창문으로 다가가 밖을 내다보는 로아의 턱에 힘이 들어갔다.

'차라리 아버지가 나았을 수도 있겠다.'

창 아래, 플레이 그라운드의 입구에 서 있는 사람은 도율이었다.

도율은 로아의 어깨 너머로 플레이 그라운드 안을 힐끔 들여다보았다. 불 꺼진 복도가 으스스했다.

'이런 곳에서 어떻게 생활을 해? 이러니 나로아가 원래 세계로 돌아가고 싶어 했던 거지.'

로아가 플레이 그라운드라는 곳에서 지낸다는 걸 알게 된 건 SNS 덕분이었다.

어제저녁, 도율은 어떻게 로아를 찾아낼 수 있을까를 고민하며 인터넷을 뒤지고 있었다. 그런데 갑자기 SNS에 '#플레이그라운드'라는 해시태그가 실시간 트렌드에 올랐다. 무심코 태그를 누른 도율은 깜짝 놀랐다. 누군가 휴대폰으로 줌을 당겨 찍은 듯한 영상 속에 로아가 있었다. 디마이 중앙 광장에 있는 거대한 동상 꼭대기에 서서 무언가를 하늘로 쏘아 올리는 모습이 영화 속 한 장면 같았다. 그 영상은 플레이 그라운드의 사연과 함께 빠르게 퍼져나갔다.

영상 속 로아는 원래 세계와 별반 다르지 않게 당당하고 아름다웠다. 그것이 도율을 불안하게 했다. 혹시 로아가 원래 세계로 돌아가고 싶지 않다고 하면 어떻게 하지.

"박도율. 너 돌아갈 생각 없다고 했잖아."

그 불안감에 눈뜨자마자 플레이 그라운드를 찾아온 도율이었다. 굳은 표정으로 선 로아를 보자 불안은 더욱 가중되었다. 포커페이스를 유지해야 한다고 스스로를 타일렀지만 자꾸만 다리가 떨려왔다.

"생각이 바뀌었어. 역 쉬프팅 하자. 간단해."

"간단하지 않아. 우리가 이쪽 세계로 왔을 때 탔던 엘리베이터, 그거 제로 넘버 아니야."

로아의 말에 도율의 포커페이스가 무너졌다. 도율은 다급히 로아의 팔을 낚아채듯 잡았다.

"뭐? 그게 무슨 소리야! 확실해? 확인했냐고!"

"놔!"

로아는 화를 내며 도율의 손을 뿌리쳤다.

"그땐 날 본척만척하더니 이제 와서 이러는 거 너무 제멋대로지 않아, 박도율?"

"그건……."

도율의 말문이 막혔다.

"그때는…… 미안해."

도율은 진심을 담아 사과했다. 하루라도 빨리, 혹시라도 주혁이 의식을 찾기 전에 원래 세계로 돌아가야 했다.

"나로아, 너도 알잖아. 나 학교에서 만날 괴롭힘당했던 거. 반 애들도 다 모른 척해서 괴로웠어. 그래서 차라리 이쪽 세계에 있고 싶었어."

도율은 로아의 표정이 슬그머니 누그러진 것을 눈치챘다.

"하지만 벌써 여기 온 지 열흘 가까이 되어가잖아. 나, 집에 가고 싶어."

로아의 눈빛이 급격하게 흔들렸다. 로아는 도율과 마주했을 때부터 갈등 중이었다. 제로 넘버 엘리베이터를 발견했다는 사실을 말할 것인가, 말 것인가.

'내가 돌아가고 싶지 않다고 해서 박도율이 돌아갈 기회까지 빼앗아도 되는 걸까?'

어쩌면 박도율과 고양이 둘이서만 역 쉬프팅을 시도해도 성공할지 모른다. 그게 아니라도 최소한 정보는 공유해야 하지 않을까. 도율의 사과에 마음이 누그러진 로아는 뒤돌아서며 따라오라는 손짓을 해보였다.

"나는 원래 세계로 돌아갈 생각 없어."

"뭐? 왜? 너 돌아가고 싶어 했잖아."

플레이 그라운드 안으로 들어가던 도율이 믿을 수 없다는 듯 물었다.

"그야 여기 있고 싶으니까."

로아는 원형 엘리베이터 앞에 섰다.

"봐, 이게 제로 넘버 엘리베이터."

"어디? 와, 진짜네."

펜스 안으로 들어가 엘리베이터 번호를 확인한 도율이 탄성을 질렀다.

"그런데 그 엘리베이터 고장이야. 문도 열리지 않아. 그래서 어차피 바로 역 쉬프팅을 할 수는 없어. 안에 들어가야 번호판을 누르지."

"진짜? 아, 씨! 왜 안 열려?"

도율은 미친 듯이 엘리베이터 버튼을 눌렀다. 다다다 버튼 누르는 소리가 요란하게 이어졌다.

"그만해. 엘리베이터 더 망가지겠다."

보다 못한 로아도 펜스 안으로 들어갔다. 도율은 버튼을 누르는 데 정신이 팔려서 등 뒤에 선 로아의 인기척도 느끼지 못했다.

'제발 열려. 열리라고!'

도율의 손가락이 또 한 번 거칠게 버튼을 눌렀을 때였다.

분명 고장 나 있던 엘리베이터 문이 스르륵 열렸다. 도율은 갑자기 일어난 기적에 입을 떡 벌렸다. 그러고는 재빨리 엘리베이터 안으로 뛰어 들어갔다. 도율은 엘리베이터 문이 닫히지 않게 발로 막아 선 뒤 바깥에 있는 로아를 향해 외쳤다.

"들어와, 빨리!"

"난 돌아가지 않을 거라니까!"

"아, 씨! 한번 해보기라도 하자고. 들어와, 좀!"

도율은 로아의 팔을 잡으려 손을 휘둘렀지만, 로아는 붙잡히지 않으려 한발 물러섰다.

"로아야! 떨어져! 걔가 차주혁 때려서 의식불명으로 만들었대!"

다급한 진윤의 목소리가 현관 전체에 울려 퍼졌다. 그 순간 도율의 손이 로아의 팔을 붙잡았다. 도율은 로아를 엘리베이터 안으로 끌어당겼다. 로아의 몸이 엘리베이터 안으로 휘청 기울었다.

"로아야, 이쪽으로 와!"

어느새 달려온 태이가 로아를 향해 손을 뻗었다. 로아가 태이의 손을 잡으려 할 때, 강한 반동과 함께 로아의 몸이 엘리베이터 안으로 넘어지듯 끌려 들어갔다. 도율이 자신의 몸을 있는 힘껏 뒤로 젖혀 로아를 잡아당긴 거였다. 로아와 도율은 거의 동시에 엘리베이터 바닥으로 쓰러졌다. 태이가 엘리베이터에 타려는 것을 본 도율은 재빨리 몸을 일으켜 닫힘 버튼을 눌렀다.

"닫혀. 아오, 빨리 닫히라고!"

하지만 엘리베이터 문이 닫히는 것보다 더 빠르게 태이가 엘리베이터 안으로 한 발을 들이밀었다. 엘리베이터에 들어온 태이가 넘어진 로아를 일으켜 세우는 사이, 도율은 빠른 손놀림으로 번호판의 층수를 눌렀다. 10. 6. 4. 2. 엘리베이터가 움직이는 감각에 몸을 일으키던 로아가 다급히 외쳤다.

"안 돼! 난 돌아가고 싶지 않아. 태이야, 박도율 좀 말려!"

"너 여기 있을 거야?"

되묻는 태이의 말투에 숨길 수 없는 반가움이 드러났다.

"응. 난 이곳을 선택했어."

태이가 도율에게 달려들었다. 그사이 도율은 다시 5층을 눌렀다. 태이가 도율의 허리를 팔로 감싸 뒤로 끌어당기던 그때 5층에 도착한 엘리베이터의 문이 열렸다. 순간 세 명의 시선이 모두 문으로 쏠렸다. 희뿌연 안개가 내려앉은 듯 아무것도 보이지 않는 문 너머에서 작은 무언가가 타박타박, 엘리베이터 안으로 걸어 들어왔다. 삼색 고양이였다.

고양이는 태연하게 엘리베이터 한쪽에 자리 잡고 앉았다. 고양이가 들어온 후로도 엘리베이터 문은 한참 동안 보이지 않는 무언가가 계속 들어오고 있기라도 한 듯 열려 있다가 아주 천천히 닫혔다. 세 사람은 무엇인가에 홀린 것처럼 닫히는 문을 응시했다.

"박도율. 너 왜 차주혁을 공격했어?"

태이가 나지막하게 물었다.

"무슨 소리인지 모르겠네."

"시치미 떼지 마. 차주혁이 의식 되찾고서 다 증언했다고 들었어."

도율이 이를 악물었다.

"그래! 뭐 어때. 내가 당한 게 있는데!"

"네가 율이 아닌 거 알아. 진짜 율이는 어디로 갔는지 모르겠지만 네가 저지른 일은 네가 처리해."

띠링. 갑자기 울린 휴대폰 알람에 두 사람의 말싸움이 멈추었다. 디링. 디링. 디링. 로아는 품 안에서 휴대폰을 꺼냈다. 이쪽 세계로 온 후 제대로 작동하지 않던 휴대폰이었다. 메시지가 보이지 않던 단톡방의 글도 제대로 보였다. 화면을 들여다보던 로아의 표정이 점점 일그러졌다.

"박도율. 너 담임한테 칼 휘둘렀어?"

문이 완전히 닫혔다. 태이의 손에 붙들려 있던 도율은 문이 닫히자마자 발버둥 쳤다. 태이는 도율의 몸을 들어 구석으로 밀어 넣으려 했으나, 도율은 두 팔로 자신의 허리를 죄고 있는 태이의 팔을 붙잡고 힘껏 아래로 밀쳤다.

일순간 태이의 팔 힘이 느슨해졌다. 도율은 그 틈을 놓치지 않고 용수철처럼 튀어 올랐다. 도율의 정수리가 엘리베이터 번호판을 박았고, 1층 버튼에 불이 들어왔다.

"안 돼!"

로아는 허둥지둥, 다시 1층 버튼을 눌렀다.

"취소라고, 취소!"

하지만 한번 들어온 붉은 불은 꺼지지 않았다. 덜컹. 엘리베이터가 급정거라도 하듯 크게 요동쳤다. 도율은 번호판 아래 주저앉아 중얼거렸다.

"아예 다른 세계로 가버려라. 그래. 그게 좋겠어! 제발 부탁이야. 한 번만 더 선택할 수 있게 해줘. 한 번쯤은 나를 이해해 줄 누군가가 있는 세계로 데려가 줘!"

올라가느냐, 내려가느냐. 성공이냐, 실패냐. 문이 열리기 전까지는 누구도 답을 알지 못했다. 세 사람은 서로를 번갈아 바라보았다.

천천히, 엘리베이터의 문이 열렸다.

중학교 3학년 때, 졸업식을 앞두고 반 전체가 서로 주고받은 롤링페이퍼에는 '맨날 자고 있어서 말을 많이 못 했다' '자는 모습밖에 못 봤다' '잘 자서 신기했다' 이런 글들이 대부분이었습니다. 지금 생각하면 선생님께 죄송하지만 수업 시간에 자지 않으면 버틸 수 없었습니다. 집에서 깊게 잠들지 못했거든요. 학교를 좋아하진 않았습니다만, 학교가 훌륭한 도피처였던 것 역시 부정할 순 없습니다.

학교를 좋아하든 좋아하지 않든, 현재 사회에서 학교의 중요성은 부정할 수 없습니다. 학교는 단순히 교육을 하는 곳이 아니라 아이들에게 가정 이외의 사회가 존재한다는 걸 알려주는 장소기도 합니다. 아이들이 가정에서 안전하게 양육되고 있는지를 살펴보는 최소한의 지표가 되기도 하지요. 팬데믹 시기에 등교일이 줄어들면서 주춤했던 아동학대 피해 신고가 등교를 재개하자마자 20퍼센트 넘게 증가했던 것은 이러한 사실을 잘 보여줍니다. 부모가 의무적으로 아이를 밖으로 내보내야 하는 제도가 없으면, 의외로 가정은 폐쇄된 학대의 공간이 될 위험이 높습니다.

그렇습니다. 학교는 제도입니다. 학교를 제대로 기능하게 하기 위해서 가장 중요한 건, 학교의 성역화가 아닌 현실적이고 탄탄한 제도 그리고 그를 실행할 수 있을 만큼의 충분한 예산과 전문 인력이라고 생각합니다.

소설 속 쉬프팅 한 세계에서 플레이 그라운드가 회복하려 하는 것은 공교육이 아닌 공동체 교육임을 다시 한번 명시하고 싶습니다. 이는 시민들이 대등한 관계에서 서로 전문성을 발휘하고, 수평적 관계에서 배움을 주고받는 시스템입니다. 일종의 시민 네트워크죠. 지금 대한민국에서 시행되고 있는 제도 중에서는 마을공동체 교육이 가장 유사할 것 같습니다. 공교육이 사라진 세계를 상상했을 때, 그 방향으로 나아가는 게 가장 현실적이지 않을까 생각했습니다.

바꾸어 물어보고 싶습니다. 학생에게 학교는 대체 어떤 의미인가요. 그리고 이떤 의미가 되어야 할까요. 지금, 학교는 학생에게 의미 있는 곳이 되고 있나요?

범유진

쉬프팅

초판 1쇄 발행 2024년 4월 19일
초판 4쇄 발행 2024년 10월 18일

지은이 범유진
펴낸이 김선식

부사장 김은영
콘텐츠사업본부장 임보윤
책임편집 이슬 **책임마케터** 이고은
콘텐츠사업10팀장 김정택 **콘텐츠사업10팀** 이슬, 이나영, 김유리
마케팅본부장 권장규 **마케팅2팀** 이고은, 배한진, 양지환 **채널2팀** 권오권, 지석배
미디어홍보본부장 정명찬 **브랜드관리팀** 오수미, 김은지, 이소영, 박장미, 박주현, 서가을
뉴미디어팀 김민정, 이지은, 홍수경, 변승주
지식교양팀 이수인, 염아라, 석찬미, 김혜원
편집관리팀 조세현, 김호주, 백설희 **저작권팀** 이슬, 윤제희
재무관리팀 하미선, 임혜정, 이슬기, 김주영, 오지수
인사총무팀 강미숙, 김혜진, 황종원
제작관리팀 이소현, 김소영, 김진경, 최완규, 이지우, 박예찬
물류관리팀 김형기, 김선민, 주정훈, 김선진, 한유현, 전태연, 양문현, 이민운
외부스태프 디자인 말리북 **일러스트** 모차

펴낸곳 다산북스 **출판등록** 2005년 12월 23일 제313-2005-00277호
주소 경기도 파주시 회동길 490
전화 02-704-1724 **팩스** 02-703-2219 **이메일** dasanbooks@dasanbooks.com
홈페이지 www.dasan.group **블로그** blog.naver.com/dasan_books
종이 아이피피 **인쇄** 정민문화사 **후가공** 평창피엔지 **제본** 정민문화사

ISBN 979-11-306-7101-7 (43810)

다산북스(DASANBOOKS)는 독자 여러분의 책에 관한 아이디어와 원고 투고를 기쁜 마음으로 기다리고 있습니다.
책 출간을 원하는 아이디어가 있으신 분은 다산북스 홈페이지 '투고 원고'란으로 간단한 개요와 취지, 연락처 등을
보내주세요. 머뭇거리지 말고 문을 두드리세요.